Dirección editorial:
Departamento de Literatura Infantil y Juvenil

Dirección de arte:
Dpto. de imagen y diseño GELV

Diseño de la colección:
SPR-MSH.com

Ilustración de cubierta:
Claudia Ranucci

Traducción:
Mª Cristina Rodríguez Aguilar

Título original:
Die Vampirschwestern – Eine Freundin zum Anbeißen

Carretera de Madrid, km 315,700
50012 Zaragoza
Teléfono: 913 344 883
www.edelvives.es

ISBN: 978-84-263-6891-1
Depósito legal: Z. 3428-08

Talleres Gráficos Edelvives (50012 Zaragoza)
Certificados ISO 9001

Printed in Spain

LAS GEMELAS
vampiras

¡QUÉ AMIGA TAN DELICIOSA!

Franziska Gehm

Traducido por M.ª Cristina Rodríguez Aguilar

EDELVIVES

1

AMOR AL PRIMER MORDISCO

Todo empezó un viernes de finales del verano. Era un día caluroso y soleado, los pájaros cantaban en la urbanización de casas adosadas a las afueras de la ciudad, un hombre en camiseta blanca lavaba su coche, una mujer miraba por la ventana mordiéndose las uñas y un perro moteado levantaba la pata sobre el letrero de la calle. Era un bonito, soñoliento y normal viernes de finales de verano. Hasta que…

… hasta que un gran camión gris dobló por la calle Lindenweg. Tomó la curva a toda mecha, las ruedas chirriaron y del tubo de escape salieron tres grandes nubes negras y grises, como si el vehículo padeciera la tos de un fumador. El hombre en camiseta bajó el trapo. La mujer de la ventana se mordió el dedo y el perro dejó un impresionante círculo húmedo sobre la acera al girarse hacia el camión. En un lado del vehículo, apenas legible a través de la capa de polvo que lo cubría, rezaba Transport de Mobilă.

El camión se detuvo delante del último chalé adosado, la casa número 23, soltando una nube negra y gris que sonó como un suspiro. La puerta del copiloto se abrió de golpe y descendió un hombre alto y delgado. Iba vestido totalmente de negro y, a pesar del sol, lucía una capa del mismo color con el cuello levantado hasta arriba. Llevaba su melena, igualmente negra, como el azabache, peinada hacia atrás. Su cuerpo se movía como el de un director de orquesta sobre un escenario. Pero lo más extravagante era su bigote. Recordaba dos espirales de regaliz y era tan tupido y largo que le cubría la comisura de los labios y le llegaba casi hasta la barbilla. El hombre con el bigote de regaliz se llamaba Mihai Tepes.

Mihai Tepes era diferente a otros hombres. Para ser exactos, no era humano. Mihai Tepes era un vampiro. Había nacido hacía 2.676 años. Era el segundo de los hijos de una respetable familia de vampiros de Mordiscien, un pequeño pueblecito de Transilvania situado más o menos en el centro del hermoso país de Rumania, con enormes montañas, ríos rumorosos y frondosos bosques. Amaba mucho su tierra, pero a pesar de ello la había abandonado por una mujer, como suele suceder.

Lo que ocurrió fue lo siguiente: dieciséis años antes, Mihai volaba a ras de suelo por los bosques de su tierra. Era un día caluroso pero el cielo estaba cubierto. Mihai buscaba un tentempié para merendar; algo ligero, como una oruga, una ardilla o un corzo. En un sendero del bosque vio a una hermosa turista de mejillas sonrosadas y le entró un apetito enorme. Se acercó silenciosamente por detrás, posó sus manos alrededor de sus pequeños hombros y la mordió en el cuello con gran pasión. Cegado por el apetito, Mihai no reparó en un detalle: la hermosa turista llevaba un collarín en el cuello. Un par de días antes había tenido un accidente haciendo senderismo por los Cárpatos. Mala suerte para Mihai y buena suerte para la turista. Ella gritó pero sólo del susto. Los colmillos de Mihai únicamente habían agujereado el collarín. Se separó de ella y la miró confundido.

¿Qué clase de mujer era aquélla con la que casi se parte los dientes? Vio dos ojos enormes de color azul como la noche, ¡y zas!, ya estaba perdido. Fue amor al primer mordisco. A Elvira, como se llamaba la turista, le ocurrió lo mismo. Luego siguieron besos, promesas de amor, paseos a la luz de la luna y peleas sobre la limpieza de la casa. Resumiendo: tres años más tarde Mihai y Elvira se casaron. Y uno después tuvieron gemelas: Silvania y Dakaria.

—¡Elvira, Silvania, Daka! ¡Han llegado los muebles! ¡*Rapedadi*, venid! —gritó el señor Tepes.

Su voz tronó como una tuba en el silencio del barrio. Después se giró hacia el conductor, que se había bajado del camión y estaba encendiendo un cigarrillo.

La puerta del número 23 de la calle Lindenweg se abrió y una mujer con el cabello rojo y rizado, y un vestido azul oscuro que hacía juego con sus ojos, se dirigió veloz hacia el camión. Era Elvira Tepes.

—¡Mihai! ¡Caramba, ya estás aquí!

La seguía una muchacha con unos pantalones cortos de color negro, medias de redecilla negras y botas del mismo color hasta los tobillos con los cordones de color lila. Sobre su naricita pálida llevaba unas enormes gafas de sol negras. Su cabello, negro como el azabache, estaba peinado en todas las direcciones posibles y recordaba a un erizo. Era Dakaria Tepes, a la que no le gustaba mucho su nombre, y por ello se empeñaba en que la llamaran Daka.

—Lo de *ya* me parece exagerado, tampoco es para tanto —murmuró Daka soltando un bostezo.

—Todo es relativo, y mamá siempre es tan positiva —dijo otra niña igual de pálida, que salía por la puerta detrás de Daka.

Era Silvania, a la que le gustaba su nombre y no podía soportar que nadie lo acortara o lo minimizara. Vestía una falda de color rojo oscuro hasta las rodillas, con el dobladillo adornado con cuentas negras, y calzaba unas bailarinas. Además, llevaba un extravagante sombrero, como si fuera una dama inglesa en las carreras de caballos, y alrededor de los hombros una estola estampada de color negro y rojo. Era un poco más baja y más gruesa que su hermana. Y siete minutos mayor.

Elvira, Daka y Silvania Tepes habían dejado Mordiscien por la mañana temprano, habían ido al aeropuerto de la ciudad y después en avión directamente a Bindburg, Alemania. Mihai Tepes había salido volando por la noche hacia Alemania. A Daka le habría encantado acompañarlo, pero le faltaban las condiciones físicas para vuelos de largo recorrido como ése. Para Mihai, los 1.490 kilómetros entre su antigua y su nueva patria eran un simple vuelo de paseo. (En su juventud, es decir, hacía 1.244 años, Mihai Tepes había participado en varias maratones de vuelos de más de 2.200 kilómetros, y con su hermano Vlad había realizado un viaje volando alrededor del mundo. Todavía hoy, con sus 2.676 años, mantenía una forma envidiable).

El camión de la mudanza, que había salido de Transilvania días antes, debía llegar al mismo tiempo que los Tepes. Pero se había perdido en un cruce muy complicado. Por suerte, el cruce quedaba a pocos kilómetros de su destino y el señor Tepes pudo localizar el camión desde el aire y guiarlo en dos horas justas hasta la calle Lindenweg.

—¡Venga, vamos allá! —el señor Tepes se frotó las manos, mientras el conductor con el cigarro en la boca abría la puerta trasera del camión.

—¡Mis plantas! —gritó la señora Tepes.

—¡Mi acuario! —gritó Daka.

—¡Mi chelo! —gritó Silvania.

Durante el largo camino sobre baches y caminos empedrados, atravesando peligrosas zonas con curvas, algunas cosas se habían desordenado dentro del camión. Daka sacó de un tirón una caja llena de libros. Fue como si se desencadenara un alud. En el interior del vehículo se armó un gran estrépito.

—*¡Schlotz zoppo!* —gritó, pero ya era tarde.

Un enorme florero salió rodando por detrás de una caja, cogió velocidad, planeó por el aire y aterrizó en medio del sombrero de Silvania. «¡Plaf!».

Un cactus cayó directamente sobre Elvira Tepes, que plegó la falda corriendo y atrapó con ella la planta de púas.

—¡Mi *Aylostera blosfeldi!* —gritó.

En ese mismo momento, el señor Tepes capturó una plancha y un cepillo de fregar. Con la plancha consiguió despejar una pelota de tenis que le hubiera golpeado directamente en la cara.

Daka observó la fuerza destructiva del alud de la mudanza con la boca y los ojos abiertos de par en par. Por suerte, el estrépito cesó dentro del camión y todos respiraron. En ese momento, un libro cayó de un cesto. Era un diccionario de 2.500 páginas. «¡BUUUM!», y aterrizó sobre el pie de Daka.

—¡Ayyy! —chilló la menor de las gemelas.

Silvania, Mihai y Elvira Tepes escupieron tres veces seguidas sobre el pie de Daka. Era una antigua costumbre de Transilvania contra el dolor. A veces ayudaba mucho. Después de que los Tepes se recuperaran del primer susto, comenzaron a descargar con mucho cuidado.

El hombre con la camiseta blanca, la mujer con las uñas comidas y el perro con manchas miraron con los ojos muy abiertos cómo iban introduciendo armarios ostentosos, cajas y un sofá de color rojo sangre en el número 23 de su calle.

Con los ojos aún más abiertos vieron cómo desaparecían dentro de la casa una colección de capas negras, una araña de cristal gigantesca y un antiguo órgano de madera. Cuando descargaron un enorme congelador, cincuenta tapas de váter y un brillante ataúd negro, apenas podían contener los ojos dentro de las órbitas. El hombre de la camiseta blanca dejó caer el trapo mojado, la mujer se olvidó de mordisquearse las uñas y el perro soltó las últimas gotas de orina sobre su pata trasera derecha.

En el adosado número 21, al lado de los Tepes, las cortinas se movieron y una larga y bronceada nariz delató a un espectador curioso. Pero los Tepes estaban demasiado ocupados como para darse cuenta.

En el adosado número 24, directamente enfrente de los Tepes, un niño de cuatro años correteaba junto a la cerca.

—¡Bañera! —exclamó señalando con sus dedos gorditos el ataúd.

Elvira Tepes sonrió y saludó al niño con una de las tapas de váter en la mano.

El pequeñín frunció la frente y después se fue corriendo detrás de la casa.

—Simpáticos vecinos —opinó la señora Tepes. También saludó con la mano al hombre de la camiseta blanca y a la mujer con las uñas mordidas, que se dieron la vuelta como si estuvieran ocupados en algo. El perro ladeó la cabeza y siguió mirando curioso al grupo de la mudanza.

Una hora después, el camión estaba vacío y el chalé adosado lleno de muebles y cajas de embalaje. El Transport de Mobilă se despidió de la calle Lindenweg tosiendo gas negro tres veces por el tubo de escape. El perro moteado le ladró.

—¿No es genial? ¿No es fantástico? ¿No es maravilloso? —la señora Tepes fue dando saltos hasta la cocina y allí pasó los dedos sobre los nuevos fuegos brillantes—. Mirad —dijo a Daka y a Silvania, que revolvían entre las cajas de la mudanza buscando sus cosas—. Todo es nuevo, todo funciona, ¡y todo está tan limpio! —la señora Tepes salió como flotando hacia el comedor y, «¡AAAHHH!», soltó un grito.

Daka y Silvania fueron corriendo al comedor. El señor Tepes estaba de pie en el centro con un gran saco de plástico, esparciendo tierra marrón oscura sobre la alfombra de color crema.

—¿Qué estás haciendo? —la cara de la señora Tepes estaba tan pálida como la alfombra.

El señor Tepes levantó la mirada y se encogió de hombros.

—Extendiendo tierra de mi país, ¿por qué?

Daka se tragó una risita, Silvania puso los ojos en blanco y la señora Tepes suspiró.

—Mihai, por favor —dijo la señora Tepes—. Ya hemos hablado de todo esto. Nada de tierra del país, nada de ataúdes, nada de garrapatas corredoras y nada de conservas de sangre en la nueva casa —después señaló con el dedo estirado hacia la pequeña escalera que conducía al sótano.

—¿Lo dices en serio? ¿Que me vaya al sótano?

—Ya no estamos en Mordiscien, donde todos se echaban un chorrito de sangre en el café y se levantan con el último rayo de sol. Aquí no puedes ir volando por ahí tan tranquilamente. Y vosotras tampoco —dijo la señora Tepes mirando a sus hijas.

—No pensaba hacerlo —replicó Silvania tirándose del lóbulo de la oreja.

El señor Tepes se irguió de hombros.

—Procedo de la familia de vampiros más antigua del mundo y un vampiro necesita tierra de su país y un ataúd.

—Lo sé. Pero si acaso alguien ve en nuestro comedor un ataúd y la tierra, podríamos acabar en la cárcel o en el manicomio.

—¿Y qué? Nos escaparemos.

—¡Mihai, por favor! No sólo te pones en peligro a ti, también a tu familia. Tú mismo sabes que antiguamente los vampiros cazaban hombres, pero que los hombres también cazaban vampiros.

—Todavía hoy algunos vampiros siguen cazando hombres —Mihai Tepes chasqueó la lengua.

—Sí. Y algunos hombres también cazan vampiros. Es mejor que nadie se entere de que aquí se han mudado vampiros. No queremos asustar a nadie, ¿no?

—Sí, pero...

—El sótano es muy espacioso —observó la señora Tepes.

Daka y Silvania intercambiaron una rápida mirada mientras sus padres se lanzaban argumentos como si jugaran al pimpón. Daka señaló hacia arriba. Era el momento de esfumarse.

En el piso de arriba había cuatro habitaciones: un dormitorio, un pequeño cuarto de baño, la habitación de Silvania y la habitación de Daka. Silvania había escogido la habitación más pequeña porque tenía vistas sobre los chalés adosados. Desde la ventana de Daka se veían el campo y un bosquecillo.

Cuando Silvania abrió de un empujón la puerta de su habitación, casi se le cae el chelo del espanto.

—¡MAMÁAA!

Daka asomó la cabeza dentro del cuarto.

—*¡Schlotz zoppo!*

La habitación estaba llena de tapas para el váter.

—¿Qué ocurre? —la señora Tepes subió corriendo las escaleras con el señor Tepes a remolque.

—¡ESTO! —Silvania señaló las tablas de váter con el dedo índice tembloroso.

La señora Tepes se rascó detrás de la oreja.

—Ah, sí, se me había olvidado por completo mencionarlo. Imaginaos: conseguí en Mordiscien un par de asientos más a precio de fábrica.

—Ya tenías cincuenta —dijo Daka.

—¿Cuántos has comprado? —preguntó Silvania con voz grave y mirada sombría.

La señora Tepes se encogió de hombros.

—A partir de las cien piezas te hacen una rebaja.

—¿Eso quiere decir que tenemos en casa ciento cincuenta asientos para el váter? —Silvania miró con impaciencia a su madre.

—Para ser exactos, doscientos cincuenta —contestó y dejó escapar una breve sonrisa.

Silvania, por el contrario, soltó un suspiro. En sus doce años de vida de medio vampira no había conocido a ningún humano (y mucho menos a un vampiro) que se aferrara tanto a un sueño como su madre. La señora Tepes era artista. Desde hacía años soñaba con abrir su propia tienda dedicada al váter. Tenía la idea de un negocio de asientos de inodoro exclusivos, para clientes con exigencias estéticas.

La idea había fracasado en el pueblo de Transilvania, pues la mayoría de los habitantes, al igual que sus antepasados vampiros, preferían hacer sus asuntos en plena naturaleza. Su madre quería intentarlo de nuevo en Bindburg. Pero ¿por qué tenía que guardar sus tapas para el váter en la habitación de Silvania? Ella sabía bien qué significaba eso: habitación compartida.

—Mañana mismo voy al centro de la ciudad y busco un local —prometió Elvira Tepes en la cena—. Venid conmigo, seguro que será emocionante —intentó animar a sus hijas.

Pero los ánimos estaban por el sótano, donde Mihai Tepes, después de una larga discusión, había llevado el ataúd, la tierra de su país y el órgano. En el comedor dejaron, como solución intermedia, una bandeja de arena para gatos con tierra original de Transilvania.

2

MI QUERIDA SANGUIJUELA

—No puedo dormir —se quejó Daka—. *¡Fumpfs!* No puedo dormir —Dio vueltas en la cama de un lado a otro por décima vez.

Al hacerlo se tambaleó e hizo chirriar la cama, que parecía una hamaca, o un ataúd de colores sobre un armazón metálico colgado de las esquinas con cuatro cadenas. Las sábanas negras de Daka estaban estampadas con larvas blancas, pequeñas y gorditas. Daka se puso bajo la cabeza la almohada, que tenía la forma de una enorme araña.

Por la tarde, las hermanas se habían instalado cada una en una mitad de la habitación. Sus padres las habían ayudado con los muebles y después habían preferido dejarlas a solas. La tensión era evidente, casi como si un invisible gas explosivo flotara en el aire. Las gemelas habían ordenado sus armarios en silencio. Cuando Daka quiso instalar en el techo una cadena metálica para colgarse, atravesando el cuarto, su hermana protestó. Estaba vulnerando territorio soberano e invadía su mitad de la habitación.

Primero, Daka insistió en que, al fin y al cabo, era su cuarto. Pero las dos tenían claro que podían pasar muchos meses hasta que las tapas de váter desaparecieran del cuarto tomado. Entonces Daka le ofreció a su hermana un trato: Silvania podía colocar en la mitad de la habitación compartida el viejo árbol seco que utilizaba como percha para los sombreros, aunque no dejase sitio en su mitad del cuarto para las estanterías de libros, la cómoda de las joyas y el armario. Pero sólo si le permitía colgar la cadena. De este modo, las hermanas se pusieron de acuerdo. Daka colgó la cadena y Silvania instaló el árbol para los sombreros en medio de la habitación.

Después se dieron a la tarea de marcar el territorio. Daka colgó sobre su cama un póster de los Krypton Krax, su banda preferida de Transilvania. Silvania, por su parte, colgó un ramo de rosas secas. La abuela Zezci se lo había enviado por su cumpleaños a través de Transinterflora. A veces, antes de ir a dormir, Silvania se imaginaba que el ramo se lo había regalado un admirador secreto increíblemente apuesto.

Silvania dejó de leer su revista para chicas. Estaba tumbada en una antigua cama de metal con una cabecera con arabescos y columnas que parecían murciélagos dormidos. Sus sábanas estaban estampadas con una luna llena y un lobo aullando en el centro.

—No es de extrañar que no podamos dormir. Es que es totalmente de noche. ¿Cómo vamos a cerrar así un ojo?

Daka suspiró y se enrolló una pata de su almohada de araña alrededor del cuello.

—A esta hora, en Mordiscien, estaríamos volando rumbo al instituto —llena de nostalgia, miró por la ventana el cielo estrellado—. ¿Echas de menos Transilvania tanto como yo?

Silvania puso los ojos en blanco.

—Llevamos fuera sólo un día y ya sientes nostalgia. Eres peor que papá.

—¿Y qué pasa? ¿Hay algo malo en sentirla?

—Nada. Sólo creo que al menos deberíamos intentarlo. Por amor a papá hemos vivido doce años en Transilvania. Por amor a mamá estamos aquí ahora. No es justo ser aguafiestas.

—¿Aguafiestas? ¿Quién está fastidiando nada? ¡Esto es un rollazo! —Daka se levantó de la cama de un salto y con un par de aleteos de sus brazos voló hasta el techo. Se colgó cabeza abajo de las piernas en la cadena metálica.

—¡Dakaria! ¡Baja ya mismo! —gritó Silvania.

—No mientras me llames Dakaria —contestó su hermana cruzándose de brazos.

—Daka, por favor. ¡Mira que si alguien te ve...!

—¿Quién me va a ver? —preguntó Daka saludando hacia la ventana.

—Pues algún vecino.

—Tendrían que pasar volando por nuestra ventana. Es un segundo piso —replicó la otra.

Silvania soltó un suspiro.

—Venga, en casa sí que podemos colgarnos. Los humanos también lo hacen —Daka se columpió en la cadena metálica y la cadena chirrió.

—Sí, pero de otro modo —dijo Silvania.

—¿Y qué? No me voy a cambiar de arriba abajo sólo porque nos hemos mudado a un par de miles de kilómetros. Si los humanos no tienen ni idea de cómo colgarse correctamente, no es mi problema. Ya es bastante grave que no podamos volar aquí, que tengamos que dormir por la noche y mantenernos despiertas durante el día, ir a una escuela normal con humanos normales y embadurnarnos de crema solar todo el rato.

—A eso se le llama in-te-gra-ción.

—¿Eso es lo que lees en tu revista para humanas?

Silvania soltó un «pfff» y pasó varias hojas. Había decidido ignorar el hecho de que su hermana se bamboleara colgada del techo.

—Bueno, pues yo sí me alegro de estar por fin entre humanos.

Daka arrugó la frente.

—¿Por qué?

—Los humanos son tan… refinados.

—¿Y eso qué significa?

En ese momento se abrió la puerta de la terraza del piso de abajo y poco después el señor Tepes salió volando por la ventana con un rollo de papel higiénico en la mano, en dirección al bosque.

—Por ejemplo, no hacen algo así —explicó Silvania—. Y no comen carne sangrienta ni juegan con garrapatas corredoras y con sanguijuelas.

—Pero comen ajo, les encanta meterse en el agua y enloquecen de felicidad con los rayos de sol. ¡Bah! —Daka sacudió la cabeza. La cadena chirrió. Después, lanzó una mirada al acuario, en el que se deslizaban sus queridas sanguijuelas—. ¿Y tú qué tienes en contra de las sanguijuelas?

—Nada. Pero ningún humano tiene de mascota una sanguijuela. En sus casas tienen como animales de compañía lindos y cariñosos perritos, gatos zalameros que ronronean o pájaros que cantan.

—Pero yo no soy una humana.

—Bueno, eres medio humana.

—Preferiría ser una vampira completa —suspiró Daka.

—Y yo completamente humana.

Durante un rato reinó el silencio en la habitación de las chicas, sólo interrumpido por el chirriar de la cadena.

—Ser humano es aburrido —opinó Daka.

—No lo es.

—Sí que lo es, ¿apostamos?

—No tienes ni idea.

—¿Y tú sí?

—Pues sí.

—Ya.

Durante un par de segundos ninguna dijo nada. Silvania miró de reojo, hacia arriba, a su hermana. Ésta tenía los brazos cruzados sobre el pecho y los ojos cerrados.

—Mejor baja de ahí, Daka. Sabes que a veces te caes cuando duermes.

Daka abrió un ojo. ¿Tenía su hermana que recordárselo siempre? Eso había pasado dos veces, como mucho tres, y cuando todavía era muy pequeña. Tendría seis años, máximo ocho. Pero así era con las hermanas mayores: a veces tenían razón. Incluso aunque sólo fueran siete minutos mayores. Daka abrió los ojos y los dos brazos y voló de vuelta a su cama. Hizo un aterrizaje de barriga sobre las sábanas de larvas y enterró la cara en la almohada de araña. El ataúd de hamaca se tambaleó.

Silvania se giró satisfecha hacia la pared con la revista.

—¿Silvania?

—¿Sí?

—¿Ya estás dormida?

—Sí.

—Yo también.

—Bien.

—*Boi noap*.

—Igualmente, buenas noches.

3

KARPOVKA, EL MEJOR AGUARDIENTE DE TODA TRANSILVANIA

Dirk van Kombast había dormido mal durante la noche. Estaba de pie delante del espejo del baño, restregándose el rostro bronceado con sus largos dedos. Tenía casi cuarenta años, pero la mayoría de la gente le echaba menos. Dudaba que en un día como éste lo hicieran, por culpa de aquellas oscuras ojeras debajo de los ojos. Y los responsables de su desgracia eran los nuevos vecinos. Aunque no habían hecho ruido por la noche, sucedía algo mucho peor: ¡tenían una pinta muy sospechosa!

Apretó sus dientes blancos como la nieve, levantó la comisura de los labios y dijo frente al espejo del baño:

—Muy buenos días. Me llamo Van Kombast, Dirk van Kombast. Me alegro muchísimo de conocerla por fin. ¿Aún no ha tenido acceso a nuestro catálogo de productos? Bueno, querida, ¡entonces ya es hora!

Dirk van Kombast se inclinó hacia el espejo y, con una uña excesivamente larga, se quitó de entre los dientes restos del queso fresco con hierbas con el que untaba cada mañana su tostada. Mientras se aplicaba el fijador ultrafuerte sobre su corto pelo rubio, reflexionaba si en vez de colocarse las lentillas azul celeste no sería más adecuado usar las de color verde gato. Sin duda irían mucho mejor con su nueva camisa Polo.

Dirk van Kombast vivía en el 21 de la calle Lindenweg. Era representante farmacéutico. Iba de consulta en consulta con un maletín lleno de muestras. A los médicos les caía bien. Y a las médicas, mejor. Pero, sobre todo, gustaba a las enfermeras.

Van Kombast jugaba al squash con un médico otorrinolaringólogo, iba con un colega a nadar una vez a la semana, una vez al mes visitaba al peluquero y dos veces al año acudía a hacerse una limpieza de dientes. Pero no tenía amigos. Por eso nadie lo conocía bien. Ni a él, ni su secreto.

Estaba echándose su perfume preferido (Ginseng-Pachuli), cuando sonó el timbre. Y no una vez, sino tres veces seguidas. Irritado, dejó el frasco sobre el aparador del baño. Después ensayó en el espejo su sonrisa perfecta y la dejó puesta por lo que pudiera pasar. Nunca se sabía quién podía aparecer.

Abrió la puerta con energía y ofreció su sonrisa de representante a las cuatro figuras que tenía delante.

—Muy buenos días. Me llamo Dirk van Kombast. ¿Qué puedo hacer por usted?

Un hombre delgado con una capa negra y un largo y grotesco bigote en espiral agarró la mano de Dirk van Kombast, lo atrajo hacia sí y con la otra mano le dio un coscorrón.

—Hola. Somos los nuevos vecinos.

—Elvira Tepes —una delicada mujer pelirroja se puso delante del bigotudo y le tendió la mano a Dirk van Kombast—. Nuestras hijas: Silvania y Dakaria.

Silvania sonrió e hizo una genuflexión. Daka miró a van Kombast a través de los largos mechones del flequillo y levantó un lado del labio superior.

Dirk van Kombast se tocó la cabeza. El coscorrón había sido fuerte e inesperado. ¿Cómo se le había ocurrido esa impertinencia al tal señor Tepes? Así que aquéllos eran los nuevos vecinos por quienes apenas había podido cerrar un ojo durante la noche.

—Ah, qué amables. ¡Los nuevos vecinos! —examinó a Elvira Tepes con mirada experta, hasta que el señor Tepes se puso delante de su mujer.

—Esperamos tener una buena, larga y feliz vecindad —el señor Tepes le tendió a Dirk van Kombast una botella.

—¿Qué es eso?

—Karpovka. El mejor aguardiente de toda Transilvania.

—No, me refiero a eso —Dirk van Kombast señaló una rosquilla de color amarillo verdoso hundida en el fondo de la botella.

—Ése es precisamente el secreto de este elixir —el señor Tepes estaba radiante—. Una oruga. Le da al Karpovka su sabor inconfundible. ¿Tomamos una copa... para conocernos mejor?

—Eh... yo no bebo nunca por la mañana. Y por la tarde tampoco.

—Bueno, ¿entonces tal vez una noche?

—También puede venir a nuestra casa a tomar el café —terció la señora Tepes.

—Gracias, muy amable —Dirk van Kombast recuperó su sonrisa—. ¿De dónde dice que son?

—De Transilvania —respondió el señor Tepes.

—Sí, de Transilvania. Bueno, sólo mi marido. Yo nací en Alemania —corrigió la señora Tepes.

—Interesante —Dirk van Kombast examinó de arriba abajo a las dos hermanas—. Y vosotras estáis hechas unas auténticas mujercitas. Pero si sois casi tan guapas como vuestra madre.

La de la melena pelirroja soltó unas risitas, poniéndose una mano sobre la boca.

—Qué tontería —refunfuñó Daka.

—Estoy seguro de que seremos muy buenos vecinos. Pueden llamar al timbre cuando quieran —dijo Van Kombast con una sonrisa dulzona y girándose hacia la señora Tepes.

—Bien. Ahora tenemos que irnos —el señor Tepes levantó su bolsa, en la que sonaban más botellas de aguardiente—. Usted no es el único vecino —los ojos marrones oscuros del señor Tepes miraron fijamente a su vecino, pero Dirk van Kombast mantuvo la mirada con sus lentillas de color verde gato.

Los Tepes se despidieron y Elvira Tepes consiguió tirar de la mano de su esposo cuando éste iba a darle un coscorrón de despedida a Dirk van Kombast.

Estuvieron llamando en todas las casas de los alrededores de la calle Lindenweg, pero la mayoría de los vecinos o no estaban en casa o no abrían. El señor Tepes puso cara de desilusión.

—No lo entiendo. En Mordiscien todo el pueblo lo estaría celebrando desde hace rato y la mitad de las botellas de Karpovka ya estarían vacías.

—Los vecinos en Alemania son un poco diferentes a los de Mordiscien —dijo la señora Tepes mientras regresaban a casa.

—Además, tus coscorrones no son muy bien recibidos —añadió Silvania.

—Pero así es como se saluda —murmuró el señor Tepes.

—En Transilvania. Aquí, no.

El señor Tepes sacudió la cabeza.

—Si no estuviera casado con una humana, diría que todos los humanos tienen serios problemas de comportamiento.

Silvania soltó un gruñido, Daka se rio, y la señora Tepes le dio a su marido una palmada en el brazo. Después entraron en la casa.

Los Tepes no se dieron cuenta de que en el adosado de al lado una ventana se cerraba despacio y sin hacer ruido.

4
PROHIBIDO VOLAR DE DÍA

Silvania se caló bien el sombrero en la cabeza para protegerse de los rayos solares. Su piel brillaba como una piedra de talco. La señora Tepes no había dejado salir de casa a sus hijas hasta que estuvieron embadurnadas de arriba abajo de crema solar con factor de protección 100. Tampoco les permitió cruzar la puerta antes de que hubieran recitado las siete reglas radicales para vivir como medio vampiras entre humanos, que había redactado ella misma:

Nada de volar a la luz del día.

Nada de comer seres vivos (incluyendo tentempiés como moscas, escarabajos o lombrices).

Protección solar suficiente (crema solar, sombrero, gafas de sol, etc.).

Mascotas tipo sanguijuelas, mosquitos, garrapatas y pulgas están obligadas a permanecer en casa.

Evitar espejos, cámaras de fotos réflex y el ajo.

No utilizar poderes sobrenaturales (como hipnotizar, escuchar a escondidas o flopear).

Denticura semanal.

Las gemelas ya habían cumplido con el punto siete por la mañana. Desde la primera denticura, bajo las instrucciones de una esteticista de Mordiscien, los colmillos habían crecido un buen trozo. A Daka y a Silvania nunca les crecían tanto como al señor Tepes, que los escondía bajo su bigote de espiral. Pero sí lo suficiente como para asustar a humanos miedosos.

Por eso tenían que limárselos una vez a la semana. Lo único desagradable de esta tarea eran los ruidos chirriantes. Silvania prefería limarse los colmillos en forma redonda. Daka, por el contrario, los prefería muy puntiagudos. Pensaba que quedaban mucho más guay. Además, los colmillos puntiagudos resultaban bastante prácticos para abrir bolsas de plástico, rascarse la lengua o ensartar un pequeño tentempié, como una mosca (con lo que Daka infringía la segunda regla radical. Es que nunca iba a poder seguir todas las reglas al pie de la letra).

Silvania y Daka estaban preparadas para ir de excursión a la ciudad con la crema solar, los dientes recién limados y las siete reglas radicales en la cabeza. Su madre buscaría un inmueble adecuado para su local por el centro. El señor Tepes, mientras tanto, tenía pensado pegarse una siestecita en el ataúd.

Bajaron por la calle Lindenweg. Cuando pasaron por delante de la casa número 21, Silvania confesó a su hermana:

—Ese Dirk van Kombast me parece muy simpático.

—¿Simpático? Es repugnante —opinó Daka.

Silvania puso los ojos en blanco.

—No tienes ni idea de hombres. Es increíblemente guapo.

—Pero huele increíblemente mal. ¿No has notado el tufo a ajo debajo de la nube de perfume?

—Ah, sí, pero era muy tenue.

—Y cómo nos miraba con esos ojos de gato —Daka se estremeció—. No me fío del tío ése, *Compás*.

—No se llama *Compás,* sino Van Kombast. Seguro que procede de una familia de la nobleza. Por eso tiene tan buenos modales.

Daka resopló.

—Si te dejas engatusar tan fácilmente porque alguien te dice hermosa damisela, entonces *boi noap*.

—¡Yo no me dejo engatusar por nadie!

—¡Daka! ¡Silvania! ¿Venís de una vez? —la señora Tepes, que andaba a paso corto a dos metros de sus hijas, se dio la vuelta.

Daka y Silvania adelantaron un paso.

—¿Cuánto queda para el metro? ¿No podemos ir volando al centro? —se quejó Daka.

En Mordiscien, las hermanas no estaban acostumbradas a hacer a pie grandes trayectos. Por un lado, Mordiscien era mucho más pequeño que Bindburg, y por otro lado allí podían volar y flopear cuanto quisieran.

—No, no podemos. Yo desde luego que no, y vosotras tampoco. Por favor, recordad el punto uno de las reglas radicales: ¡prohibido volar de día!

—¿Podemos al menos hacer una excepción con la regla general seis y flopear un trocito? —intentó Daka.

Al ser medio vampiras, Silvania y Daka podían desplazarse de un sitio a otro con la velocidad de un rayo. Flopear era casi como teletransportarse. Aunque sólo funcionaba en distancias mínimas y resultaba agotador, era muy efectivo.

Elvira Tepes lanzó a sus hijas una mirada que zanjaba cualquier discusión.

—Vale, vale. Vamos andando y cogemos el metro —murmuró Daka—. Como cualquier humano.

Un par de metros y de esquinas más adelante, y un par de minutos después, vieron el letrero azul y blanco del metro. La señora Tepes se apresuró hacia las escaleras mecánicas que conducían al andén. Daka la siguió, pero mirando hacia arriba. Cosa que no debería haber hecho.

—¡*Schlotz zoppo!* —gritó del susto al darse cuenta de que el suelo se movía bajo sus pies. Pero ya era demasiado tarde. Agitó los brazos, perdió el equilibrio, cayó hacia atrás y dio con su culo sobre las duras escaleras mecánicas—. ¡Ay!

Silvania se había quedado parada delante de las escaleras mecánicas y miraba a su hermana con los ojos muy abiertos. Quería ayudarla, pero no se atrevía a dar un paso. La señora Tepes vio la caída de Daka y se lanzó a las escaleras, subiéndolas para ayudar a su hija a ponerse de pie.

—¿Qué pasa? ¿Bajas o a qué esperas? —preguntó de pronto una voz irritada detrás de Silvania.

Silvania se volvió. Ante ella había un muchacho larguirucho con el pelo rubio oscuro. Sería dos o tres años mayor que ella.

—Yo, ejem..

—¡Silvania! ¡Venga, que te agarramos! —gritó la señora Tepes desde abajo de las escaleras.

El muchacho levantó una ceja.

—¿Y bien...? —dijo, señalando las escaleras.

A Silvania le entró un molesto escalofrío. Seguro que ya le habían salido círculos rojos alrededor de los ojos. Siempre aparecían cuando se ponía nerviosa. Miró de reojo las brillantes rayas metálicas plateadas de las escaleras, que salían sin detenerse un solo instante, como provenientes de un reino misterioso, para transformarse en escalones.

—¿No prefieres ir primero...? —le dijo sonriendo al muchacho, aunque tenía ganas de ponerse a llorar.

Alguna vez había leído sobre la existencia de las escaleras mecánicas, pero nunca había montado en unas.

Él hizo un gesto negativo con la cabeza.

—*Ladies first.*

Silvania asintió débilmente. Normalmente era fan de las cortesías, pero a veces podían ser un rollazo.

—*Okay*... vale, voy yo.

Silvania adelantó el pie derecho, de forma que casi tocaba las rayas plateadas. ¿Daba un salto sobre las escaleras? No quería de ningún modo aterrizar sobre el culo, como su hermana, delante de aquel muchacho. Entonces se dio cuenta de que el ancho borde de goma del pasamanos de la escalera se movía también hacia abajo. ¡Había encontrado la solución!

Silvania se giró hacia el chaval, le sonrió y se montó de espaldas sobre el pasamanos. Se tendió encima, agarrándose con las manos y las piernas con todas sus fuerzas.

—Adiós, encantada de conocerte —exclamó mientras iba hacia abajo.

El muchacho sólo pudo mirarla boquiabierto.

La señora Tepes y Daka recibieron a Silvania al final de las escaleras.

—¡Cielos! No recordé que eran vuestras primeras escaleras metálicas. Lo siento —dijo la señora Tepes tocando los pálidos brazos de sus hijas.

Después les dio consejos para todas las escaleras mecánicas del futuro. Pero tanto Daka como Silvania esperaban no tener que volver a pisar nunca un monstruo metálico parecido. Aunque en la ciudad eso sería difícil.

Tras controlar con éxito la máquina de los billetes y el viaje en metro, les esperaban otras escaleras mecánicas en la salida, en el centro de la ciudad. Había tal gentío que Daka no podía caerse. Saltó con las dos piernas juntas sobre las escaleras y se agarró a la correa del maletín del hombre de delante, que ni se enteró. Silvania se aferró con las dos manos al pasamanos, mientras su madre la empujaba sobre las escaleras sujetándola por la cintura.

Cuando por fin emergieron de las oscuras profundidades del metro a la luz del día, la señora Tepes respiró con ganas.

—¡Ah! ¡Aire de la ciudad! Cómo te he echado de menos.

Daka y Silvania tuvieron que entrecerrar los ojos, heridos por los rayos de sol. Preferían estar en el túnel del metro. Daka incluso había visto allí un par de ratas y le había entrado un poquitín de hambre.

—¿No es maravilloso? —dijo la señora Tepes señalando al Ayuntamiento una vez que entraron en la plaza.

Era un edificio de estilo gótico tardío y tenía cinco torres. La más alta en el centro estaba presidida por la estatua de un caballero medieval.

—Eso son... —comenzó Daka señalando a la cabeza del caballero.

—¿Palomas? —gritó Silvania.

—Eh... ¿qué? Yo no veo ninguna —dijo la señora Tepes, y rápidamente agarró a las chicas de la mano y las llevó a través del barullo de gente hasta la calle comercial.

Con las palomas y las gemelas había una historia. Las chicas les tenían fobia. La cosa había sucedido así: al igual que la mayoría de los vampiros, los medio vampiros aprendían a volar con cinco años, más o menos. A Daka le encantaba ir por el aire y revolotear por todas partes. Silvania era un poco menos entusiasta. Se sentía mejor en tierra. Pero a finales de su quinto año de vida, las gemelas volaban ya como si fueran auténticas vampiras. Su padre se sentía orgulloso. Con seis años volaron solas por primera vez. Hicieron un gran recorrido casi hasta la siguiente ciudad. De pronto, les salió al encuentro una bandada de palomas torcaces. Daka pensó que ella y su hermana tenían preferencia de paso, pero las palomas no opinaron lo mismo. Las chicas acabaron en medio de la bandada. Las palomas, que eran muy orgullosas, se sintieron atacadas. Se engancharon a las hermanas, las arañaron y hasta les cagaron encima. Totalmente despeinadas, llenas de arañazos y excrementos, Daka y Silvania regresaron a casa con sus últimas fuerzas. Desde ese momento, supieron que las palomas siempre se reservan la preferencia de paso y se quedaron con un trauma difícil de borrar.

Por eso, la señora Tepes se llevó a sus hijas corriendo del Ayuntamiento. Las condujo de una tienda y de un lugar curioso al siguiente. Aunque lo de los lugares curiosos era algo muy particular: «Aquí venía siempre antes con mi abuela a comer helado... y aquí, en invierno, casi siempre había una pista de hielo...

allí, en la fuente, quedaba siempre con mis amigas... y más allá había una pastelería con los mejores pasteles de ciruela. Pero ahora hay una carnicería...».

Silvania sonrió asintiendo hacia su madre, mientras observaba a la gente por el rabillo del ojo. No parecían muy distintos a los habitantes de Transilvania. ¡Pero había tantos! Gordos, flacos, blancos, negros, viejos, jóvenes, rubios, morenos, con prisa, de paseo, de buen humor, de mal humor, malolientes y con buen olor. Silvania se preguntaba si se darían cuenta de que ella era diferente. Esperaba que no.

A Daka le parecía que la gente de Bindburg tenía un aspecto totalmente distinto de los habitantes de Mordiscien. Nadie tenía los ojos de color rojo oscuro o lila. O de color naranja, como el cantante de los Krypton Krax. La gente parecía frenética, todos llevaban una prisa endemoniada. Pero en comparación con la vida de un vampiro, la vida de un humano era bastante corta, había que ir rápido. Tal vez fuera la velocidad lo que los hacía más rosados que los habitantes de Mordiscien. O la luz del día.

Mordiscien era una ciudad casi subterránea. Las galerías y las casas de piedra de varios siglos de antigüedad se encontraban un par de metros por debajo de la tierra. Había una avenida principal como la que estaban conociendo, pero las tiendas eran mucho más pequeñas. La mayoría de las veces se vendían productos artesanales: capas modernas, sombreros para el sol y gorros de vuelo, pero también anillos de dentición, exprimidores de sangre y máquinas de picar carne de tamaño extra. También había tiendas de animales con una gran cantidad de garrapatas corredoras, sanguijuelas, pulgas y mosquitos.

Daka suspiró. Echaba de menos corretear por las sinuosas galerías en penumbra de Mordiscien. Pero no quería fastidiar el paseo a su madre poniendo mala cara. Con disimulo, se puso en las orejas unos auriculares y empezó a escuchar a los Krypton Krax, moviendo la cabeza rítmicamente. Parecía que estaba asintiendo. La señora Tepes seguía contando historias. Fue una excursión muy tranquila.

En el camino de vuelta hacia el metro descubrieron una pequeña tienda en una calle lateral a la avenida comercial. Exceptuando una vieja silla y periódicos arrugados sobre el suelo, estaba vacía. Elvira Tepes se detuvo como si un rayo la hubiera atravesado. En el cristal había una nota: «Sin intermediarios. Para alquilar, llamar al 25984561».

Un segundo después la señora Tepes estaba con la nariz pegada al cristal del escaparate y murmuraba:

—¡Caramba, justo lo que buscaba!

Sacó su móvil y marcó de inmediato el número. El casero vivía justo encima de la tienda y le propuso una visita en ese mismo instante, invitación que la señora Tepes aceptó encantada.

El casero, que pidió a la madre de Silvania y Daka que lo tratara de tú y se presentó como Peter, parecía muy simpático, a pesar de que como poco tendría 45 años. Tenía el pelo rubio con canas y se le notaba una incipiente calvicie en las entradas. Alrededor de la boca

y de la frente tenía muchas arrugas, pero le brillaban los ojos. Sobre todo cuando hablaba con Elvira Tepes.

La llevó por toda la tienda, pero el paseo se acabó en cinco pasos. El espacio no era mayor que el dormitorio de las gemelas. En la zona trasera había una pequeña cocina y un váter. Eso era todo.

Elvira Tepes estaba completamente fuera de sí. Y eso puso a Peter también completamente fuera de sí.

—Y justo aquí podría ir el mostrador —dijo Elvira Tepes.

—Oh, sí, un lugar fantástico para el mostrador —se mostró de acuerdo el casero.

—Allí en la pared entraría una vitrina.

—¡Una vitrina! ¡Una idea genial! —Peter estaba radiante.

—En la pared de enfrente, a lo mejor un sofá cómodo para la clientela que espera.

—Eso tiene mucho estilo —ratificó Peter.

—¿Y dónde van a ir todos los asientos de váter? —mencionó Daka, que se había quitado los auriculares de las orejas.

—¿Asientos de váter? —Peter miró con asombro, primero a Daka y después a Elvira.

Elvira hizo un gesto negativo con la mano.

—Ya encontraremos una solución para eso. Tal vez… —Elvira miró radiante con sus ojos de color azul nocturno a Peter—. ¿Podríamos aclarar los detalles del contrato de alquiler tomando un café?

—Buena idea.

Peter y Elvira concertaron una cita. Para los detalles. Para tomar un café. Y para «un buen comienzo en una relación arrendaticia larga, intensa y feliz», como añadió Peter.

La señora Tepes estaba dichosa. Nunca hubiera esperado encontrar tan rápido una tienda tan bonita. Y ni siquiera por un segundo pensó que Peter pudiera ser causa de disgustos. De grandes disgustos.

5
PREPARADAS PARA EL DESPEGUE

A pesar de que el señor Tepes estaba echado en su ataúd en el sótano, podía escuchar cada palabra de la conversación telefónica de su mujer con su madre. Oía cómo hablaba de una visita genial al centro de la ciudad, de una nueva tienda y de un tal Peter, un casero encantador. Torció la boca levantando su bigote de regaliz y se dio la vuelta.

A diferencia de sus hijas medio vampiras, el señor Tepes tenía el oído de un murciélago. Eso concedía numerosas ventajas, sobre todo si uno trabajaba en el servicio secreto o como técnico de sonido. También si uno estaba interesado en cotilleos de vecindario. Pero esa virtud acarreaba algunas desventajas. A veces se oían cosas que no daba gusto escuchar. Por ejemplo, si alguien eructaba en la casa de al lado o iba al cuarto de baño. O si dos personas se peleaban por una tontería. Entonces el señor Tepes intentaba cambiar su oído a otra frecuencia, como en una radio. Pero, en general, solía ser demasiado curioso.

El señor Tepes no trabajaba ni en el servicio secreto ni como técnico de sonido. Era médico forense y, como era muy bueno, había encontrado trabajo en el Instituto Anatómico Forense de Bindburg. Para obtener el empleo, había ayudado que se ofreciera voluntariamente para el turno de noche.

Mañana era el gran día: Mihai Tepes se incorporaba a su nuevo empleo. Para sus hijas comenzaba el nuevo año escolar en un auténtico instituto para humanos. Mihai Tepes esperaba que las chicas no sufrieran ningún choque cultural. Aunque la mitad de su sangre era humana, estar rodeadas tan de cerca de tantos humanos durante un montón de horas, seguro que iba a ser duro. ¡Y encima de día, cuando cualquier vampiro razonable estaría durmiendo!

Mihai Tepes decidió preparar y fortalecer a sus hijas para el difícil día. Pero, primero, él mismo tenía que conseguir fuerza y tranquilidad para el nuevo comienzo. Afortunadamente sabía lo que necesitaba: ¡sus garrapatas corredoras! ¡Nada reanimaba tanto como una carrera de garrapatas! Mihai Tepes saltó del ataúd. Encendió las dos grandes velas que había sobre el órgano y sacó del armario de madera negra un estuche ornamentado de color rojo vivo. Miró orgulloso su colección. Después, con unas pinzas, sacó del estuche dos de sus mejores corredoras, las colocó en la raya de tiza que había pintado como línea de salida y gritó:

—*¡Onu, zoi, trosch!* —Después dio un ligero empujoncito a las dos garrapatas, que salieron disparadas.

Cuando una de ellas se quedaba atrás, el señor Tepes la animaba. Si conseguía ganar terreno, volvía a animar a la otra. No podía decidirse por una favorita. Y tampoco tenía que hacerlo. Las dos garrapatas atravesaron al mismo tiempo la línea de meta.

En Transilvania las carreras de este tipo eran un deporte de competición muy popular. Algún vampiro había perdido el ataúd y todos sus bienes por haber apostado a la garrapata equivocada. En idioma vampírico tenían incluso una expresión que se empleaba a menudo: *«ubkrupt da hirobyx»*, lo que significa algo así como «ir por delante de la garrapata».

El señor Tepes metió sus garrapatas corredoras dentro de la cajita. Había sido una buena carrera, con contrincantes fuertes y rápidas. Pero tenía que admitir que en un sótano de un barrio de chalés adosados en Alemania la carrera no tenía el mismo efecto que en la plaza del mercado de Mordiscien, con cientos de espectadores enardecidos. Tal vez, con el tiempo, el señor Tepes pudiera entusiasmar a un par de vecinos por este deporte.

Más adelante pensaría en ello. Primero tenía que comer algo y después ocuparse de sus hijas.

Después de la cena, Mihai Tepes se quitó del bigote los restos del filete con sangre y dijo con solemnidad a sus hijas:

—Mañana es un día muy importante para vosotras. Pero antes de que comience la vida seria, vamos a hacer una bonita excursión.

—¡*Boibine!* —gritó Daka.

—¡*Fumpfs!* —exclamó Silvania.

Eso era vampírico. *Boibine* significaba algo así como «genial» y *fumpfs* algo así como «¡jo, qué mierda!». La lengua era muy antigua y había miles de dialectos y una complicada gramática que no dominaban bien ni los profesores de vampírico. En una vida normal de humanos era imposible aprender esta lengua, había que llegar a ser tan viejo como un vampiro.

Después de la puesta de sol, Mihai Tepes, Daka y Silvania se reunieron en el tejado del adosado. La señora Tepes no estaba muy contenta con la idea de la excursión, igual que Silvania. Pero sabía que no podía prohibir volar a su esposo vampiro y a sus hijas medio vampiras. Y no quería hacer algo así. Al fin y al cabo, a ella tampoco le gustaría que nadie le prohibiera andar o nadar. Además, en secreto, admiraba a Mihai, Daka y Silvania por esta capacidad. ¡Parecían tan audaces cuando se elevaban en el aire...! Sobre todo Mihai. Por eso Elvira Tepes se quedó en la puerta de la terraza mientras su esposo y sus hijas subían al tejado. No quería perderse el despegue.

—¿Es necesario que volemos desde aquí? ¿No está un poco alto? —preguntó Silvania y echó un vistazo por el borde hacia la terraza.

Estaba más pálida que de costumbre, y en vez de uno de sus sombreros de damisela llevaba un gorro de aviador.

Daka saltaba de una pierna a la otra.

—¡Silvania está ca... ca... ca... cagada!

Daka tenía razón. Silvania tenía fobia a volar. Sobre todo desde su inolvidable encuentro con las palomas. Y desde que había engordado cinco kilos.

—Tienes que enfrentarte con valor a tu miedo, Silvania —le aconsejó Mihai Tepes.

—Estoy demasiado gorda para volar —replicó Silvania obstinada.

—¡*Gumox!* Uno puede ser muy vago o muy tonto para volar, pero nunca muy gordo. Luda de Oklahoma, mi concuñada, pesa más de 100 kilos y vuela como un ángel. En su juventud fue campeona del mundo con la selección nacional en vuelo sincronizado.

—Ya lo sé —Silvania había oído la historia de Luda por lo menos cien veces.

—Además, no estás gorda. Sólo te lo pones difícil. La única solución es practicar, practicar y practicar. Así que, ¿preparadas para el despegue?

El señor Tepes se paró en el borde del tejado, extendió los brazos y se inclinó ligeramente hacia delante. Daka y Silvania hicieron lo mismo.

—Y no lo olvidéis: vampiros mayores, palomas, aviones y ovnis tienen prioridad de paso.

Daka asintió mientras Silvania miraba sus rodillas temblorosas. Se tocó un momento el collar que llevaba alrededor del cuello desde que tenía memoria y que era su talismán de la suerte. Dentro del colgante había un retrato de la abuela Zezci y un poco de tierra de su país. Eso la tranquilizaba.

Miha Tepes cogió la mano de Silvania y la apretó.

—¡*Onu, zoi, trosch,* vamos!

«¡FUSSS!». Tres figuras negras silbaron en el cielo nocturno azul oscuro, dibujándose apenas contra él.

Había que mirar con mucha atención para reconocerlas, de lo rápido, silencioso y camuflado que iba el grupo. Tal vez si alguien hubiera estado quieto toda la noche, acechando en la terraza del adosado número 21, y los ojos se le hubieran acostumbrado a la oscuridad, podría haber reconocido a los Tepes en el cielo. Pero había que estar concentrado en el momento justo, como intentaba hacerlo Dirk van Kombast.

El señor Tepes y Daka silbaban atravesando la noche como dos aves de presa en vuelo en picado. Silvania volaba como un abejorro que ha sumergido su trompa demasiado tiempo en un vaso de aguardiente. Bajaba y subía por los baches del aire, avanzando apenas a la mitad de la velocidad que alcanzaban su padre y su hermana.

—Odio volar —murmuraba para sí—. Ningún humano lo hace. ¿Por qué tengo que hacerlo yo?

Pero, de pronto, se acordó del metro y las escaleras mecánicas. A veces era mejor tener otra opción.

Colocó bien los brazos y apretó la barbilla contra el pecho para volar más rápido y alcanzar a los otros. El señor Tepes, que volaba desenvuelto de espaldas y con los brazos cruzados detrás de la cabeza, movió la cabeza hacia Silvania con un gesto de aprobación. Daka estaba en ese momento en medio de un *looping*.

El *looping* simple lo controlaba bastante bien y lo hacía hasta sin carrerilla. Pero en el doble siempre le faltaba o le sobraba impulso. Por suerte, hasta el siguiente campeonato de Transilvania de vuelo en estilo libre quedaba mucho tiempo para practicar.

Tras ensayar los vuelos en picado, las maniobras de desviación, la estabilidad en las curvas y los aterrizajes, Mihai Tepes dijo:

—Vamos a colgarnos en aquel abeto de allí.

Fue volando hasta el abeto y se colgó por los pies de una gruesa rama. Las hermanas se colgaron en la rama de enfrente. A los vampiros les gustaba que la sangre les bajara a la cabeza, aunque se les clavaran las agujas del abeto en las corvas de las rodillas.

—Mis queridas hijas —comenzó a decir el señor Tepes con gesto serio—. Estamos muy lejos de nuestra tierra, pero la llevamos dentro y nadie puede arrebatárnosla. Mañana comienza para vosotras una nueva vida en un mundo lleno de humanos. Pero no tenéis que sentir miedo. Nada afecta a quien conoce y ama su tierra y sus raíces.

Daka asintió solemnemente con la cabeza y Silvania miró hacia arriba, a la punta de sus pies. Las chicas ya conocían al derecho y al revés esos discursos de su padre. Como hijo segundo de una respetable familia de vampiros de Mordiscien, su origen y su tierra eran muy importantes para él.

—Y ahora —dijo el señor Tepes extendiendo los brazos—, cantemos la hermosa canción *Transilvania, rodna inima moi.*

Daka contuvo una queja. *Transilvania, rodna inima moi (Transilvania, patria de mi corazón)* tenía catorce estrofas.

Silvania lanzó una mirada a su hermana y se encogió de hombros. Tenían que pasar por ello. Sabían que su padre no estaría contento antes del último tono de la última estrofa. Pero, en el fondo, era una bonita canción y, cuando cantaba con sus hijas, a Mihai Tepes siempre se le ponían los ojos húmedos y brillantes. Silvania y Daka también se emocionaban. Pero para eso les bastaba con cinco estrofas.

Cuando el último tono se fue apagando, Mihai Tepes se limpió una lágrima del rabillo del ojo. ¿No era una enorme suerte tener semejantes hijas? Hasta en Alemania se convertirían en unas magníficas vampiras... o al menos en magníficas medio vampiras. El señor Tepes estaba seguro. Lo llevaban en la sangre.

6

CUANDO EL ESPEJO NIEGA MI REFLEJO

A Silvania y a Daka otra vez les costó dormirse. Estaba demasiado oscuro. Habían dejado la luz encendida a propósito. Daka se había arrodillado delante del acuario y jugaba con *Karlheinz*, su querida sanguijuela. Silvania se pintaba las uñas de color lila, como había visto en la revista para chicas. Le hubiera gustado maquillarse, pero no era tan sencillo. Su reflejo en el espejo era tan borroso como una figura de niebla. Con Daka era todavía peor. Y su padre era completamente invisible en el espejo. Lo dicho, ser vampiro no siempre tenía ventajas.

De pronto llegó un sonido apagado del cristal de la ventana, como si una pelota hubiera chocado contra él. Daka levantó la vista.

—Tienes correo —dijo.

Silvania agitó la mano con las uñas recién pintadas, abrió la ventana con la otra mano y cogió una nota de las garras de un murciélago que yacía grogui al pie de la ventana. Le dio de comer una polilla que había quedado atrapada en la tela de araña junto a la ventana y volvió a sentarse con la nota en la cama.

Daka observó a su hermana de reojo.

—¿Qué te escribe tu enamorado?

—¡Bodgan no es mi enamorado! —bufó Silvania—. Sólo escribe que en Mordiscien hace buen tiempo, que ha cateado en Historia, que su hermana se tragó una mosca y bla bla bla...

—¡Y que te echa muchísimo de menos! —Daka se tocó el corazón con gesto teatral.

Silvania se cruzó de brazos.

—¿Y qué? Pues yo no lo echo de menos.

—Como muy tarde le echarás de menos mañana, cuando nadie te lleve la mochila al colegio, te sople en Zoología y te deje ganar en las carreras de vuelo.

—No lo haré. Además, mañana ya no hay Zoología ni carreras de vuelo. Mañana —dijo Silvania aspirando profundamente— comienza una nueva vida.

—*¡Schlotz zoppo!* Lo había olvidado. Ahora sólo tendremos asignaturas aburridas como Matemáticas, Lengua e Historia. Y seguro que en Educación Física tendremos que hacer cosas raras como correr o hacer gimnasia. ¡Bah!

En Transilvania a Daka le gustaba ir al instituto. Tenía el presentimiento de que eso cambiaría. Recordó la fiesta de despedida en la cripta de Octavia. Vino toda su clase, incluso su profesora se pasó volando un rato. El equipo de vuelo de estilo libre y el grupo de *saikato* de Silvania también estaban. Fue la fiesta más hermosa y triste a la vez a la que hubiera asistido en toda su vida. En las vacaciones volarían a Mordiscien y volverían a verlos a todos, pero no sería lo mismo.

Silvania se dejó caer de espaldas sobre la cama.

—A mí me parece genial: podremos volver a empezar. ¡Y quién sabe qué amigos encontraremos!

Daka miró a su hermana con el ceño fruncido.

—¿Estás de broma, no?

—No.

—Bueno, iré practicando vuelo para volver sola.

—Eres tú la que está de broma.

—No voy a aguantar aquí mucho tiempo.

—Pues yo sí. Y si te largas, ya encontraré amigos.

—¿De verdad quieres amigos humanos?

—Sí. Y te aconsejo una cosa, Daka: no la fastidies mañana.

—¿Yo? ¿Cómo se te ocurre?

7

UNA NIÑA EN EL SUELO, OTRA NIÑA EN EL CIELO

Cuando el lunes por la mañana Armin Schenkel abrió la puerta de la casa número 24, aún tenía un poco flojas las piernas. Toda la semana había estado en cama con fiebre. Pero pensaba que la empresa para la que trabajaba junto con 2.550 empleados no podría arreglárselas sin él por más tiempo. Además, se sentía mucho mejor gracias a los cuidados de su mujer, Janina. Y por otro lado ya se sabía de memoria todos los CD con canciones infantiles de Linus, su hijo de cuatro años. Era hora de volver a la oficina.

Armin Schenkel se sentó en su Kombi rojo y salió del garaje a la calle Lindenweg conduciendo hacia atrás. Puso el brazo derecho sobre el respaldo del asiento del copiloto y miró con atención detrás. En la casa de enfrente se abrió la puerta y salieron a la calle dos chicas, que él calculó que tendrían unos doce o trece años. Debían de ser las hijas de los nuevos vecinos. Janina le había contado que les habían llevado una botella de aguardiente, y Linus afirmaba, erre que erre, que tenían una bañera negra gigantesca.

El señor Schenkel observó a las niñas por el rabillo del ojo. Tenía que concentrarse en los dos postes de salida, pues no quería rayar su Kombi. Había suficiente distancia con el poste de la izquierda. También con el de la derecha. Las chicas saltaron los tres escalones. Hasta el poste de la izquierda quedaba suficiente espacio. Sucedía lo mismo con el de la derecha. Una niña se quedó parada en la acera. La otra volaba. Hasta el poste de la izquierda quedaba... ¡¡¡¿VOLABA?!!!

El señor Schenkel olvidó los postes y miró directamente a las chicas. Vio cómo la más rellenita se colgaba de una pierna de la que volaba y tiraba de ella hacia el suelo. Parpadeó. Ahora veía claramente de pie, sin volar y en la acera, a las dos chicas. Lo saludaron, muy educadas, con una sonrisa.

El señor Schenkel las miró un momento con la boca abierta. Después sacudió la cabeza, se frotó las sienes, metió primera y condujo de nuevo el coche dentro del garaje. La oficina podía esperar. La gripe era peor de lo que había pensado.

8

ESOS COLMILLOS VEGETARIANOS

El tranvía número 14 atravesaba la ciudad de norte a sur. Comenzaba en las áreas de la periferia, serpenteaba por el ajetreado casco urbano y terminaba en una elegante zona residencial junto a los grandes lagos del sur.

Daka y Silvania tenían que pasar sólo seis estaciones hasta la calle Ringelnatzstrasse. La señora Tepes se lo había recordado al menos unas diez veces. Sin duda hubiera preferido llevar a sus hijas al colegio, pero intuía que eso era algo embarazoso para dos chicas de doce años. Además, Peter, el casero de su tienda de asientos de váter, la había invitado amablemente a un almuerzo en uno de los mejores locales de la ciudad. Algo así no se rechazaba. Pero se necesitaba un atuendo adecuado, que Elvira Tepes aún tenía que conseguir.

Silvania y Daka iban sentadas en el tranvía con los brazos cruzados sobre el pecho, una al lado de la otra, mirando hacia delante. A Daka le costaba mantener los ojos abiertos después de la noche de insomnio. Silvania, por el contrario, estaba totalmente despierta desde el intento de volar de su hermana esa mañana. El tranvía traqueteaba. La señora de enfrente, que llevaba un pequeño perrito sobre el regazo, le dio unas palmaditas:

—Tranquilo, *Fufi*.

—Me prometiste no fastidiarla —susurró Silvania a su hermana.

—Sólo porque he volado tres segundos... —Daka resopló.

Fufi y su dueña aguzaron el oído.

—¿Y ahora qué hago con esto? —Silvania levantó el brazo. En su jersey rojo, justo debajo de la axila, había un agujero del tamaño del pulgar.

Daka hizo un gesto negativo con la mano.

—Eso no lo verá nadie. ¿Qué culpa tengo yo si reaccionas como una histérica colgándote de mi pierna y se te rompe ese jersey tan ajustado?

La señora y *Fufi* miraron expectantes a Daka y a Silvania.

Silvania torció el morro.

—¡Ah, es culpa mía! —después miró la parte superior de su cuerpo—. ¿Te parece muy ajustado?

La mujer contempló el jersey rojo de Silvania y frunció los labios. *Fufi* sacó la lengua.

—No. Sólo demasiado ajustado para hacer deporte —Daka se pasó la mano por su pelo de erizo y paseó la mirada por el tranvía.

Silvania sacó un tomate del bolso y le sacó brillo con la manga.

Daka la miró estupefacta.

—¿Qué vas a hacer con eso?

—Comérmelo, por supuesto.

—¿Comes eso? ¿Desde cuándo?

—Desde que soy vegetariana.

—¿Eh? ¿Que eres qué?

—Ya no como carne.

La amita de *Fufi* asintió comprensiva.

—¿Nada de carne? ¿Y cómo piensas evitar el hambre? ¿Sin nada de sangre?... —Daka sintió la mirada de la señora de enfrente y añadió—. ¿Y sin grasas, proteínas ni hierro?

—Hay millones de vegetarianos y no se mueren de hambre.

—Ya, pero ellos no son... ¡Ay! —gritó Daka, al sentir el pisotón de Silvania.

La dueña de *Fufi* miró sobresaltada a las gemelas.

—Estás muy agresiva —gruñó Daka, se levantó y se fue a la parte central del vagón.

Se puso sobre la plataforma circular que giraba en cada curva e hizo como si estuviera surfeando.

Silvania puso los ojos en blanco y miró por la ventana. ¿Cuándo dejaría su hermana los jueguecitos infantiles?

—Próxima parada, Albertplatz —murmuró una voz femenina por los altavoces, y un momento después el tranvía frenó bruscamente.

Daka, que estaba surfeando con las manos libres, planeó a través del vagón y chocó con gran fuerza contra la máquina controladora de los billetes.

—*¡Fumpfs!* —gritó agarrándose el codo.

Después se frotó la frente, con la que se había chocado contra la barra de metal.

Silvania se puso en pie de un salto con el tomate en la mano.

—¡Daka! ¿Te has hecho daño? —con dos zancadas, Silvania llegó junto a su hermana y escupió tres veces sobre el codo, como es costumbre en Transilvania.

La dueña de *Fufi* no sabía nada de eso y observaba a las chicas con los ojos abiertos de par en par. El tranvía continuó el viaje.

—Odio las escaleras mecánicas, los metros y los tranvías —Daka apretó los dientes del dolor—. En Mordiscien estaríamos tumbadas cómodamente en nuestros ataúdes y después iríamos volando tan a gusto al instituto.

—¡Ssssh! —susurró Silvania alarmada y mirando a todos lados.

—¿De dónde sale esa voz de mujer? —preguntó Daka, mirando a la cabina del conductor—. Ahí delante sólo hay un hombre sentado.

Silvania se encogió de hombros.

—A lo mejor tiene la voz rara.

—Próxima parada, Ringelnatzstrasse —susurró de nuevo la voz de mujer por los altavoces.

Silvania miró a su hermana alarmada.

—¿Ringelnatzstrasse?

—¡Tenemos que salir! —exclamó Daka—. *¡Stop!* ¡Hey! ¡Para! —todos los viajeros miraron a Daka. Ésta les devolvió la mirada y se encogió de hombros—. ¿Qué pasa? Queremos bajarnos aquí.

De repente, *Fufi* y su dueña aparecieron junto a las hermanas. La señora las observó de arriba abajo con una mirada seria, después levantó el dedo lentamente y apretó un botón rojo en una barra junto a la puerta. El tranvía se detuvo y la puerta se abrió.

Daka se rascó la cabeza.

—Ah, claro, sólo quería estar segura.

La mujer dejó bajar primero a *Fufi*. No tenía prisa. Y su dueña tampoco. Cuando Silvania llegó por fin a la puerta y quiso bajar, la puerta soltó un silbido y empezó a cerrarse despacio.

—¡La puerta! ¡Rápido! —gritó Daka dando a su hermana un fuerte empujón.

Silvania, que llevaba el tomate en la mano, cayó hacia delante como una figura de cartón piedra, a través del resquicio de la puerta y sobre el carril de bicicletas que pasaba junto a las vías del tranvía.

Se oyó un «clingclingcling» y un ciclista pasó a toda velocidad a su lado.

—¡Esto es un carril de bicis! —gritó el siguiente.

Silvania se tambaleó aturdida mientras el ciclista hacía una complicada maniobra para esquivarla.

«Clingclingcling».

—¡Fuera del carril de bicis!

—¡Cuidado!

—¡Deja paso!

Silvania se giró frenética en círculo. Venían ciclistas por todas partes. Era como una autopista. «¡Buzzz!», las bicicletas pasaban a toda velocidad, algunas tan cerca que podía sentir la corriente de aire.

—¡Silvania, aquí! —gritó Daka, que estaba de pie en la acera.

«¿Cómo lo había hecho? —se asombró Silvania—. ¿No habría volado en medio de la ciudad a plena luz del día? ¿O había flopeado?». Silvania miró por el rabillo del ojo cómo se dirigía hacia ella un ciclista con un remolque para niños enganchado. ¡Transporte pesado! Tenía que salir de allí. Inmediatamente.

Dio unos brincos entre un par de ciclistas y después hizo acopio de todas sus fuerzas para dar un gran salto a pies juntillas hacia la acera.

—*Onu, zoi, trosch* —murmuró, y «¡zas!», saltó.

Sonó un «¡buuum!», y alguien gritó.

—¡AYYY!

Silvania levantó la vista y vio la cara de un hombre. Su rostro estaba rojo como un tomate. Tenía el pelo fino, de color rubio rojizo, y las pestañas claras. Miraba a Silvania como si quisiera marcarla.

—M-i-s p-i-e-s —silabeó el hombre entre dientes.

—¿Cómo?

—¡Me estás pisando!

—Oh, disculpe —Silvania dio un paso hacia atrás.

El hombre se quedó mirando el tomate en la mano de Silvania. Estaba reventado por la mitad. Miró su camisa azul clara. Allí estaba la otra mitad del tomate.

—Oh, lo siento, yo… —Silvania sacó un pañuelo arrugado y frotó la camisa azul clara.

La mancha, que era del tamaño de una moneda, se hizo tan grande como un posavasos.

—¡Déjalo! —gritó molesto el hombre—. Ya lo haré yo —añadió más tranquilo—: La próxima vez ten más cuidado —después se dio la vuelta y desapareció a paso marcial entre los peatones. Silvania lo siguió con la mirada y dejó escapar un suspiro.

—¡Tía, qué flipe! —Daka llegó junto a Silvania—. Menudo salto, y de pronto, ¡bum!, diana sobre el tipo ése. ¡Vaya mirada! Y encima el tomate, ¡splash!, ha sido *boibine* total.

—Nada de *boibine*. Ha sido *fumpfs* total.

—Qué importa, a ese tipo ya no lo vas a volver a ver. Además, te has disculpado.

Silvania lanzó el resto del tomate a un cubo de basura.

—¡Oh, no! —se estiró un poco el jersey y vio la mancha.

—Eso en tu jersey rojo casi ni se ve. Pero tu sombrero…

—¿Qué le pasa?

Silvania se arrancó de la cabeza el sombrero de paja rojo con el lazo de motas negro y rojo. El borde estaba doblado por un lado hacia arriba y por el centro estaba aplastado, con lo que parecía un sombrero mexicano.

—¡Mi precioso sombrero! —se quejó Silvania—. Ahora parezco una campesina mexicana.

—Hay cosas peores, como descomponerse en polvo bajo el sol. Así que mejor ponte el chisme otra vez.

Silvania miró con tristeza su sombrero un par de segundos. Después volvió a ponérselo, pero calándoselo bien en la cara.

Aún no estaban en el instituto y ya tenían agujeros y manchas de tomate en el jersey, un chichón en la frente, moratones en el codo y un sombrero aplastado. Dejaba de parecer el comienzo de un maravilloso día de colegio.

9

BIENVENIDAS A PRIMERO B

Martin Graup salió del baño de profesores con gesto crispado. Había frotado la mancha de tomate durante diez minutos y no se iba. ¡Justo hoy! El primer día del nuevo curso escolar. Si al menos tuviera corbata podría esconder la mancha debajo. Pero buscaba tener una apariencia informal vistiendo camisa y pantalón vaquero. No solamente por los alumnos, también por Katrin Renneberg, su nueva compañera de trabajo.

Martin Graup era profesor de Geografía e Historia desde hacía seis años en el Instituto Lessing. Había estudiado Geografía e Historia porque en el instituto siempre sacaba sobresaliente. Y se había convertido en profesor porque no se le ocurría qué más hacer con esa especialidad. Estaba contento con su trabajo.

Desde hacía un año era el tutor de Primero B. Martin Graup bebió un trago de café templado y estudió su horario de clases. Después echó un vistazo a la hoja con información sobre las nuevas alumnas de la clase. «Silvania y Dakaria Tepes», leyó en voz baja. Extraños nombres. Y, además, gemelas. ¡Ojalá que no fueran univitelinas, porque podrían hacerle travesuras intercambiándose entre ellas!

Sonó el timbre una vez. Martin Graup dejó su taza y se colocó la carpeta debajo del brazo. Recorrió con paso firme la sala de profesores, buscando disimuladamente a Katrin Renneberg. Pero no la veía por ninguna parte. Probablemente ya estaba en el gimnasio.

Martin Graup entró en la clase con gesto serio.

—¡Buenos días! —exclamó en voz alta. Una mancha de tomate no tenía por qué minar su autoridad.

—Buenos días —farfullaron algunos alumnos a coro. Otros sólo levantaron un momento la vista.

—Buenos días, señor Graup —dijo Rafael Siegelmann.

Martin Graup asintió y le sonrió brevemente. ¡Ah, si todos los alumnos fueran como Rafael!

El señor Graup dejó su cartera sobre la mesa del profesor, sacó un cuaderno y el bolígrafo, y se sentó relajado con una pierna sobre la mesa. Paseó la mirada por la clase. Con Primero B había tenido suerte. Aunque tenía a Lucas Glöckner, un camorrista, a Sally Kellermann, una cotorra, y a Ludo Schwarzer, un solitario raro, el resto de la clase era obediente. Tal como le gustaba a Martin Graup. Y estaba Helene Steinbrück. No sólo era increíblemente inteligente, sino increíblemente guapa. A veces le parecía un poco ida cuando fijaba la mirada hacia delante durante minutos con los ojos muy abiertos. O cuando se pintaba calaveras y monstruos sanguinarios en el brazo con el bolígrafo. Helene Steinbrück dibujaba muy bien y tenía buenas notas. Jamás armaba bronca. Pero el señor Graup no conseguía conectar con ella.

Sonó el timbre tres veces. Era la señal para el comienzo de clases. En ese momento, la puerta se abrió de golpe y dos chicas se precipitaron dentro del aula. Una iba peinada como si se le hubiera explotado el secador de pelo. Vestía totalmente de negro, sus medias tenían agujeros y llevaba unas grandes gafas de sol. La otra chica llevaba una especie de sombrero mexicano y una falda negra con rayas brillantes. Al señor Graup le resultó extrañamente familiar.

—Perdón —dijo la chica peinado explosivo—. ¿Esto es Primero B?

El señor Graup asintió.

—¿Y vosotras sois...?

—Dakaria Tepes, abreviado Daka —como un rayo, lanzó el brazo hacia delante y le dio un coscorrón al señor Grab. La otra chica soltó un lamento.

El señor Graup retrocedió asustado.

—Bueno, esto es...

Alguien se rio en la clase.

—Perdone a mi hermana. Mi nombre es Silvania Te... —Silvania miró con la boca abierta la mancha roja en la camisa azul clara del señor Graup—. Oh, oh, oh —Silvania se deslizó detrás de su hermana.

—¿No nos conocemos ya? —el señor Graup frunció la frente.

—¡Imposible! —replicó Silvania.

Daka asintió con fuerza.

—Silvania no conoce a nadie. Es muy tímida para las relaciones.

El señor Graub enarcó las cejas hasta arriba.

—¡El tomate! —exclamó triunfante, señalando con el dedo índice a la responsable.

Silvania se escondió aún más detrás de su hermana con una sonrisa de disculpa.

Todos los alumnos de Primero B tenían un gesto interrogativo en la cara. Hasta Rafael Siegelman. Y eso ocurría muy raras veces. Helene Steinbrück miró a las chicas de arriba abajo con curiosidad. Cuando la del sombrero mexicano la miró, ella le sonrió.

El señor Graup recuperó la compostura. Carraspeó y señaló una mesa vacía en el aula.

—Podéis sentaros.

Daka y Silvania fueron dando pasitos hasta la mesa. Estaban contentas de no estar ya delante de la clase, donde todos las miraban. Dejaron sus mochilas y sacaron las sillas casi al mismo tiempo. Justo cuando iban a sentarse, sonó un ruido fuerte y embarazoso.

«PRRR».

Daka se volvió hacia Silvania mirándola con los ojos muy abiertos.

La clase se llenó de carcajadas y de toses.

—¡Señor Graup! —exclamó Lukas, que estaba sentado detrás de las gemelas, agitando la mano delante de las narices—. ¿Puedo abrir la ventana? ¡Por favor! —empezó a toser como si estuviera a punto de morir intoxicado por un gas venenoso.

El señor Graup, que se había quedado pálido, asintió con la cabeza. Después miró a Silvania y a Daka, sacudiendo la cabeza de forma casi imperceptible.

—Bueno, bienvenidas a Primero B.

10

LA DELICIOSA FRAGANCIA DEL MOHO

Seis horas de tortura después, Silvania y Daka iban por la calle Lindenweg con las cabezas bajas.

—Ha sido el peor día de colegio de mi vida —dijo Silvania.

—El mío también. Y todavía nos quedan unos cuantos por delante —replicó Daka.

—¿Crees que será peor? —Silvania miró a su hermana con gesto de pánico.

Daka se encogió de hombros. Después miró fijamente hacia delante.

—Lo del ruido del pedo seguro que ha sido ese Lucas. Tiene toda la pinta de gastar ese tipo de bromas.

Silvania asintió.

—Da igual. Todos piensan que fuimos nosotras. Y encima tú vas y te duermes en Matemáticas y roncas.

—Yo no ronco nunca. Sólo respiro un poco fuerte. Además tú te has dormido en Lengua y has hablado en sueños.

—¡*Gumox!* —Silvania se cruzó de brazos y giró la cabeza.

Después miró de reojo a Daka y le preguntó en voz baja:

—¿Y qué he dicho?

—Oh, algo sobre salchichas y tripas de cerdo. Por cierto, también has babeado un poco.

—¡Oh, no, qué vergüenza! Y todo eso delante de Helene.

—¿Te refieres a la rubia que siempre sabe la respuesta correcta?

Silvania asintió.

—Es guapísima, como un ángel. Es muy distinta a las chicas de Mordiscien.

—Y sus ojos son de un azul totalmente claro y transparentes.

—Sí, centellean como el mar bajo el sol. Y cuando anda, el pelo se le mueve como el trigo dorado bajo el viento —dijo Silvania con aire fantasioso.

No sabía si eso se le había ocurrido a ella misma o lo había leído en algún libro.

—¿Has visto esa fantástica calavera que se ha pintado en el brazo? —preguntó Daka.

Silvania asintió.

—Seguro que es una tía supercreativa.

—Y huele tan bien. Casi un poco a moho —opinó Daka.

Durante un momento ninguna de las hermanas dijo nada. Después, Silvania soltó un suspiro.

—¿No sería completamente genial tener una amiga como Helene?

—Claro. Pero ya nos podemos olvidar de eso. ¿O crees que a Helene le gustaría tener de amigas a dos hermanas que se echan pedos, roncan y babean?

Silvania se mordió el labio.

—Seguro que no —se palpó el cuello para tocar su cadena y tranquilizarse. Se palpó por la izquierda del cuello. Se palpó por la derecha del cuello. Se palpó por la nuca y se palpó por el esternón. ¡Nada!

—¡MI CADENA! —gritó Silvania—. ¡Mi cadena ha desaparecido!

—¿QUÉ? —inmediatamente Daka registró a su hermana por todo el cuerpo como si fuera policía—. Tiene que estar en alguna parte.

—¡Oh, no! Como se haya perdido de verdad... —gimió Silvania. Empezó a respirar con dificultad, le salieron cercos rojos alrededor de los ojos y sus manos comenzaron a temblar.

No quería imaginarse qué pasaría si no volvían a encontrar la cadena pronto. Por un lado, era una cadena preciosa y de mucho valor. Era de oro, y el colgante ovalado, adornado con grabados, se podía abrir. Por otro lado, dentro de aquel colgante había algo especial. Para Silvania no sólo era bonito sino que tenía una importancia vital. Dentro había un retrato de su abuela Zezci y un poco de tierra de su país. La abuela Zezci estaba muy guapa en el retrato y veinte años más joven (el pintor había dejado volar su imaginación), y a Silvania le gustaba la imagen, pero aquello no era lo vital. Lo realmente importante era la tierra de su país.

Sin esa tierra cerca, cualquier vampiro o medio vampiro se iba debilitando sin remedio. Silvania sabía que la enfermedad podía retardarse una semana o un mes entero, según lo fuerte que fuera el vampiro.

Daka miró atentamente a su hermana y preguntó:

—¿Te sientes débil?, ¿te duelen las extremidades? —ésos eran los primeros síntomas de la enfermedad.

Silvania levantó un brazo e hizo círculos con la cabeza.

—No lo sé. Pero sí que me siento un poco rara.

—Al menos no tienes picores —Daka resopló y apenas pudo reprimir la risa—. ¿Te acuerdas de aquella vez que Bogdan hacía eses en plena clase de vuelo y de cómo se rascaba la barriga y el culo?

Silvania asintió. Bogdan había olvidado llevar su tierra del país. Pocas horas después se había vuelto totalmente majareta. Primero empezó haciendo eses, luego se rascó, después dijo disparates y finalmente se desmayó. Silvania lo había resucitado con la tierra que llevaba dentro de su colgante.

—No sé qué hay de gracioso en ello —dijo Silvania con cara muy seria—. Bogdan estuvo en peligro de muerte.

Daka dejó de reírse. Era verdad. Si un vampiro o un medio vampiro no entraba en contacto con tierra de su país durante las siguientes 24 horas, caía en un coma profundo. Sólo los vampiros más fuertes conseguían volver a despertar. Los demás quedaban perdidos para siempre.

—Encontraremos tu cadena —dijo Daka—. Mientras tanto, puedes pegarte un par de granitos de tierra entre los dedos de los pies, como yo.

—¿Estás mal de la cabeza? ¡Eso es repugnante!

Daka se encogió de hombros.

—Pues olvídalo.

—¿Qué hacemos? —cada vez se marcaban más los círculos rojos alrededor de los ojos de Silvana.

—Buscar la cadena —opinó Daka, agarró a su hermana de los tobillos y la sacudió cabeza abajo.

Pero aparte de una minisalchicha que Silvania volvió a guardarse a toda velocidad antes de que Daka la viera, no apareció nada.

—¿La tenías esta mañana? —preguntó Daka.

—Creo que sí —Silvania rebuscó en su maleta.

Nada.

—A lo mejor la has perdido en el carril de bicis. O al chocar con el señor Graup.

—O en el instituto.

—¿Volvemos y buscamos?

Silvania sintió una punzada en el estómago sólo de imaginarse de nuevo en esa mansión del terror, topándose otra vez con el señor Graup.

—Bah, mañana —dijo en voz baja—. Meto los pies media hora en la bandeja con tierra de papá y después tendré fuerza suficiente.

Daka frunció la frente.

—¿Crees que eso bastará?

—Seguro. Y a lo mejor he perdido la cadena en casa. Pero... —Silvania se inclinó hacia su hermana y susurró— ni una palabra a mamá y papá. Si no, se van a preocupar.

Daka asintió con aire conspirativo.

Las gemelas pasaron junto a un coche deportivo de color azul plateado que estaba aparcado delante de la casa número 21. Iban demasiado ensimismadas en sus pensamientos para ver al conductor, que estaba sentado muy quieto dentro del coche con la ventanilla bajada.

La señora Tepes abrió la puerta de golpe, antes de que Daka pudiera introducir la llave en la cerradura.

—Contadme, ¿qué tal lo habéis pasado el primer día de colegio? —Sus ojos estaban radiantes.

—Genial —dijeron Daka y Silvania a coro.

11

TULIPA KARPATA

Elvira Tepes estaba de buen humor. No era algo extraordinario en ella, pero hoy estaba de muy buen humor. Había firmado un contrato de alquiler. El contrato de alquiler de su primera tienda, que iba a llamarse El Asiento de Inodoro. Elvira Tepes estaba segura de haber dado con un hueco en el mercado.

Aunque la tienda era un poco pequeña, eso la hacía más acogedora. Las palabras mágicas eran «atmósfera comercial» y eso lo tenía el local, además de un casero simpático. El almuerzo con Peter había sido delicioso y no sólo desde el punto de vista culinario. Elvira había charlado muy a gusto. Peter era una persona encantadora e incluso le había traído un enorme ramo de flores. ¡Qué suerte tenerlo como casero!

El señor Tepes lo veía de otro modo. Los caseros que invitaban a su mujer a almorzar y le regalaban flores le parecían muy sospechosos. No necesitaba conocer al tal Peter para que no le cayera simpático. Pero la señora Tepes estaba de muy buen humor para entender el mal humor de su marido (además, Mihai Tepes tenía muchos cambios de humor de un segundo a otro, todos muy difíciles de entender).

Y el señor Tepes no era el único que estaba de mal humor. Cuando su mujer explicó que la tienda era

demasiado pequeña para almacenar los asientos de váter en ella, que los 250 asientos se quedarían un tiempo más arriba en la habitación y que Silvania tendría que seguir compartiendo con Daka el cuarto, las caras de las gemelas se ensombrecieron.

—¿Cuánto tiempo? —preguntó Silvania.

La señora Tepes hizo una pausa y se atusó el pelo rojizo con la mano.

—Hasta que encuentre un almacén. O hasta que venda los 250 asientos de váter.

—Podrían pasar años —gruñó Daka.

—¡Qué va, si van a desaparecer en un santiamén! Por cierto...

—¿Qué?—preguntaron Daka y Silvania al mismo tiempo.

—Bueno, si las cosas marchan bien, tendré que encargar más género —la señora Tepes esbozó una leve sonrisa, pero al ver las caras serias de sus hijas lo dejó estar—. Lo siento mucho. Os prometo arreglarlo. Pero no puedo guardar los asientos de váter en el sótano. Ya está ocupado.

—Pregunta a tu encantador casero —comentó el señor Tepes, que venía del sótano—. Seguro que guardaría tus tablas de váter muy a gusto en su salón durante un par de meses. A lo mejor hasta él mismo los calienta para los clientes.

La señora Tepes lanzó a su marido una mirada airada.

Daka y Silvania prefirieron esfumarse a su habitación. Buscaron juntas la cadena de Silvania dentro de las camas y debajo de ellas, en los armarios, sobre las cómodas, junto a la percha de los sombreros, bajo la alfombra, e incluso exploraron a fondo el acuario de *Karlheinz*. Pero la cadena no apareció.

No era de extrañar que en la cena reinara un humor de perros. Por suerte habían venido a cenar la abuela Rose y el abuelo Gustav, los padres de Elvira Tepes. Vivían al oeste de la ciudad, en un piso antiguo enorme. El abuelo Gustav había nacido en un pueblo, a sólo treinta kilómetros de Bindburg. Al igual que Mihai

Tepes, amaba su tierra. Pero, a diferencia de su yerno, no la había abandonado nunca. La abuela Rose había venido al mundo en una pequeña ciudad junto al Báltico (eso había ocurrido hacía más de 60 años). Se había mudado a menudo y había viajado mucho por el mundo. Le gustaban el arte, la historia y las telenovelas. La abuela Rose trabajaba como guía en un museo. El abuelo Gustav estaba jubilado desde hacía cuatro años. Antes había trabajado 42 años en un taller de coches. Primero como aprendiz, después como mecánico, luego como jefe de taller y por último como gerente. Aunque el gerente que le sustituyó era muy eficiente, el abuelo Gustav echaba un vistazo de vez en cuando a la contabilidad.

El abuelo se entendía perfectametne bien con la mayoría de la gente, sobre todo cuando se trataba de coches y de fútbol. Con su yerno era con el único que tenía problemas. Para él era un total misterio por qué su Elvira se había enamorado de un hombre tan raro y de poco talento.

Tal vez el abuelo Gustav lo habría entendido mejor si hubiera sabido que su yerno era un vampiro y sus nietas medio vampiras. Pero Elvira y Rose (a quien le parecía muy emocionante tener vampiros en la familia, y quien de niña siempre había querido ser diferente), no habían conseguido explicarle a Gustav el delicado origen familiar. El abuelo nunca había acompañado a su mujer en sus viajes a Transilvania. Era demasiado indispensable en el taller. Además, ¿para qué viajar tantos kilómetros, si se estaba tan bien en casa y todo el mundo entendía el idioma?

Rose había intentado revelarle la verdad varias veces, pero no había encontrado el momento adecuado para comunicar a su marido que su única hija se había casado con un vampiro. Ahora Gustav tenía 71 años, y Rose temía que le diera un infarto con la noticia. De modo que dejó las cosas así.

A pesar de que Gustav había ofrecido su ayuda en repetidas ocasiones para la mudanza, los Tepes siempre habían rehusado. ¿Cómo le iban a explicar por qué había que llevar un ataúd al sótano? Ahora los abuelos veían la casa por primera vez.

—Qué bien estáis aquí —dijo la abuela Rose mientras se servía un poco de ensalada en el plato—. ¿Verdad, Gustav?

Silvania mordisqueó una zanahoria, Daka mordió con fruición su empanadilla de carne picada y el señor Tepes bebió un sorbo de vino.

El abuelo Gustav miró de reojo la araña del techo que colgaba sobre la mesa, quizás demasiado grande para aquel comedor. Inspeccionó de arriba abajo las cortinas negras y después su mirada cayó sobre la bandeja de tierra para el gato del señor Tepes.

—¿Qué hace ahí esa bandeja de tierra para gatos?

—Es mía —dijo la señora Tepes corriendo.

—¿Tiene algo que ver con esa tienda de asientos de váter? —preguntó el abuelo Gustav arrugando la frente.

—No. Es para... eh... bueno...

—Mamá cultiva unas plantas en esa tierra —mencionó Silvania—. *Tulipa karpata*. Una especie muy rara. Sólo crece bajo condiciones especiales, como las que se dan en una bandeja de arena para gatos.

La señora Tepes lanzó a su hija una mirada agradecida.

El abuelo Gustav hizo un gesto de aprobación con la cabeza.

—Podéis montaros un bonito jardín. Aún tengo un poco de madera para una pérgola. Y baldosas para delimitar ordenadamente los parterres. ¿Qué piensas tú, Mihai?

El señor Tepes levantó las manos.

—Yo no hago nada en el jardín.

—Un césped así de natural también tiene encanto —opinó la abuela Rose.

—Sí, hay más escarabajos, lombrices y ratones —Daka se pasó la lengua por los labios.

La señora Tepes le lanzó una severa mirada de advertencia, mientras el señor Tepes movía animado la cabeza.

—¿Qué os parece si después de comer os ayudo a llevar los asientos de váter al sótano? —preguntó el abuelo Gustav.

—¡NO! —gritó Elvira Tepes—. Quiero decir, no, gracias; eres muy amable, pero no caben en el sótano... porque...

La señora Tepes mentía muy mal. Por suerte sus hijas tenían más práctica.

—Porque podrían estropearse por la humedad del aire de ahí abajo —dijo Daka.

—¿Unos asientos de plástico? —preguntó el abuelo Gustav.

—Pero, abuelo, no es cualquier plástico barato —aclaró Daka—. Estos asientos vienen de Transilvania. Respiran y están tan vivos como la madera.

Antes de que el abuelo Gustav siguiera preguntando, la señora Tepes dijo:

—¿Habéis visto el maravilloso ramo de flores que me ha regalado mi casero para cerrar el contrato de alquiler? —Señaló al aparador.

La abuela Rose y el abuelo Gustav miraron hacia el aparador. Allí sólo se veían un teléfono y un viejo cenicero de barro con una tapadera.

—¿Dónde está? —preguntó la abuela Rose.

La señora Tepes miró alrededor desconcertada.

—Pero si lo he dejado…

El señor Tepes carraspeó.

—Las he puesto en otro sitio.

—¿Dónde?

—En el cubo de la basura —el señor Tepes bebió otro trago de vino tinto.

—¿Por qué? —la señora Tepes miró a su marido con los ojos muy abiertos.

—Olían mal.

—Oh —dijo la abuela Rose.

—¿QUÉ? —inquirió Elvira Tepes.

Daka y Silvania miraron alternativamente a su madre y a su padre. Oliera o no mal el ramo de flores, entre sus padres reinaba un aire de tormenta.

—Por si a alguien le interesa: hoy hemos tenido nuestro primer día de colegio —cortó Silvania.

En realidad no quería hablar de ese tema. Pero se dio cuenta tarde.

—¡Ah, sí, es verdad! —el abuelo Gustav mostró interés enseguida.

—Sí, venga, contad. ¿Cómo fue? —quiso saber la abuela Rose.

—Genial —dijo Daka, metiéndose un trozo de morcilla en la boca—. Silvania se lanzó al pecho del profesor.

—A él le pareció un poco raro, pero muy entrañable —explicó Silvania con gesto serio.

—El instituto es genial, los profesores son geniales, nosotras hemos estado genial —dijo Daka. Entonces se dio cuenta de que sus padres y sus abuelos se mostrarían escépticos si todo sonaba tan positivo. Por eso, añadió—: Aunque no quedó muy bien que nos durmiéramos en la clase.

—¿Y eso? —preguntó molesto el abuelo Gustav.

—Porque apenas habíamos dormido por la noche —dijo Silvania, apretando enseguida los labios.

—Del nerviosismo —añadió Daka—. Y por el desfase horario.

—¿Desfase horario? ¿De Rumania a Alemania?

—Bueno, abuelo, si nos hubieras visitado alguna vez, sabrías de qué hablamos —replicó Daka.

Silvania asintió y se metió por debajo de la mesa una loncha de salchichón entre sus rodajas de pepino.

—¿Y qué tal los demás de la clase? ¿Creéis que haréis amigos pronto? —preguntó la abuela Rose.

Silvania torció el morro y Daka frunció la frente.

—Eso podría ser un problema —añadió Daka.

—¡Qué va! —dijo el abuelo Gustav con voz atronadora—. Mis nietas encontrarán amigos en un pispás. ¿Por qué os preocupáis?

—Bueno, porque somos bastante diferentes al resto —dijo Silvania en voz baja.

El señor Tepes asintió lentamente y la señora Tepes frunció la frente preocupada.

El abuelo Gustav hizo un gesto negativo con la mano.

—Si alguien aquí es experto en relacionarse con éxito, ése soy yo. Durante cuarenta años no he hecho otra cosa. Así que si queréis un par de consejos, escuchadme: sonreíd siempre, sed educadas y serias. O parecedlo, al menos. Pero sobre todo: adulad al cliente... en este caso a los compañeros de clase, dadles siempre la razón y mostrad interés por ellos.

El señor Tepes, que acababa de beberse un trago de vino, empezó a toser. Elvira le golpeó la espalda. Tal vez un poco más fuerte de lo necesario.

Silvania asentía mientras su abuelo revelaba su técnica.

—Puede que eso funcione con las personas..., claro, me refiero a las personas de esta zona.

Daka seguía con la frente arrugada.

—Abuela, ¿tienes algún consejo?

La abuela Rose se recostó hacia atrás, se agarró la barbilla con la mano y pensó un momento. Después dijo:

—Mi consejo es éste: hay que ser fiel a uno mismo y sincero con los demás... y acercarse a las personas con buen humor.

Daka sonrió.

—Eso me gusta.

Ya no era tan terrible para Silvania y Daka pensar en el siguiente día de colegio. Al fin y al cabo, tenían dos estrategias.

12

UN HILO DE SANGRE EN LA BARBA

El sol se había puesto hacía tiempo por detrás del bosquecillo. La luna aparecía velada por unas nubes tenues. Su luz plateada caía con debilidad sobre los árboles, las calles y las casas. Un gato pasó sin hacer ruido por la calle Lindenweg. Se giró en la mitad y miró hacia la última casa. Sus ojos brillaron en la oscuridad. Maulló y después continuó su camino y desapareció en la noche.

En el barrio residencial no había ni una sola luz encendida. Todos sus habitantes dormían. Casi todos. Algunos muy profundamente, otros con un sueño ligero y agitado. Uno de ellos acababa de levantarse. Estaba despierto, lleno de una energía incontenible y feroces planes. Estaba de pie sobre el tejado de la casa número 23 y miraba la luna. Al atusarse sus bigotes, durante un segundo brillaron dos dientes blancos, puntiagudos y largos como cuchillos. Echó la cabeza hacia atrás, extendió los brazos y se elevó con una risa que sonó como un trueno lejano en el cielo de la noche.

Pocos segundos después, el barrio residencial volvía a estar silencioso y tranquilo. El paseante noctámbulo regresó al amanecer. Agotado, atrerrizó sobre el tejado de la última casa de la calle Lindenweg. Los primeros rayos de sol cayeron sobre su cara. Tenía restos de sangre pegados a la barba.

13

TIERRITIS AGUDA

Durante todo el camino al instituto Silvania y Daka fueron mirando al suelo. Encontraron un montón de chicles pisados, colillas, caca de perro, hormigas, papeles de caramelo y hasta una moneda de 50 céntimos. Pero ninguna cadena.

Silvania había metido el día anterior los pies en la tierra de la bandeja para gatos. Al abuelo Gustav, que la había mirado alarmado, le había explicado que las *Tulipa karpata* crecían mejor si entraban en contacto directo con calor humano (en su caso, medio humano). A pesar de ello, Silvania se sentía insegura sin su cadena. ¿Qué pasaría si aparecían esos horribles y embarazosos picores o empezaba a decir disparates? Tenían que encontrar la cadena lo más pronto posible, no había otra solución.

Las gemelas registraron en el instituto todas las aulas en las que habían tenido clase el día anterior. Nada. Durante el recreo recorrieron los pasillos con las cabezas inclinadas. Nada. Cuando estaban explorando con la mirada el suelo de la entrada principal, escucharon una voz clara:

—¿Buscáis algo?

Daka y Silvania levantaron la vista al mismo tiempo. Delante de ellas estaba Helene Steinbrück. ¡La chica más guapa de Primero B! ¡Y hablaba con ellas! Durante un momento se quedaron tan sorprendidas que no consiguieron articular ni una palabra. Eso ocurría raras veces, especialmente con Daka.

Finalmente, Silvania empezó a parlotear del nerviosismo:

—Hola, soy Silvania Tepes, y ésta… —Se detuvo y se acordó del bien intencionado consejo de su abuelo. Sonreír. Mostrar interés en el cliente—. ¿Cómo estás?

Helene frunció la frente.

—Ya sé quiénes sois. Y gracias, estoy bien. Pero parece que vosotras tenéis un problema.

—Qué bien que estés bien —Silvania sonrió como si tuviera atravesado un lápiz en la boca.

—Mi hermana ha perdido su cadena —dijo Daka, y añadió mentalmente: «Y también el juicio».

—¿Esa tan bonita que traías con el colgante dorado en forma de óvalo?

Silvania se quedó mirando a Helene y asintió con la cabeza igual que uno de esos perritos de juguete que mueven la cabeza.

—Enseguida me fijé en ella en la primera clase.

—Eso quiere decir que Silvania la tenía todavía a primera hora. En el camino a casa ya había desaparecido —resumió Daka.

—Probablemente desapareció ayer en el instituto —opinó Helene con cara de comisario.

En ese momento pasó a su lado Ludo Schwarzer. Miró fijamente a Silvania y a Daka, mientras seguía andando recto sin tropezarse con nadie. Sus ojos eran profundos y sus pupilas de color ocre parecían un remolino del que no era fácil volver a salir.

—¿Le pasa algo a ese tío? —preguntó Daka en voz baja.

—Creo que sí —contestó con un susurro Helene—. Pero no sé qué. Habla con gente que no está. Algunos creen que está un poco... —Helene hizo círculos con el dedo índice sobre la sien—. Bueno, ya sabéis. Es un poco lúgubre —Helene se estremeció y sonrió como si eso fuera una buena cualidad.

En ese momento sonó el timbre.

—Tenemos que ir a Gimnasia —se quejó Helene—. Odio la clase de Gimnasia. Es la peor de todas.

Silvania iba a contradecirla, cuando se acordó del consejo del abuelo Gustav.

—Es verdad, Gimnasia es un rollo total. Esa asignatura debería estar prohibida por torturar a los alumnos.

Daka lanzó a su hermana una mirada irritada.

—Pues en Mordiscien no tenías nada contra Gimnasia. ¡A mí me encanta! —proclamó, dirigiéndose con buen ánimo al gimnasio.

Por suerte, en los vestuarios de chicas no había ningún espejo, excepto en los baños. El respeto a la regla radical número cinco, evitar los espejos, las cámaras de fotos réflex y el ajo, no suponía en principio ningún problema. Silvania se puso su traje de gimnasia negro con los finos volantes en los costados que parecían alas de murciélago. Se lo había regalado la abuela Zezci en Navidad. A Silvania el traje le parecía elegante de la muerte. En Mordiscien era el último grito. En Bindburg no llegaba al último carraspeo.

—Eh, ¿qué clase traje es ése? —gritó Sally Kellermann—. ¿Has ido a los carnavales con él?

Silvania se miró. A ella le encantaba su traje de gimnasia y no iba a dejar que le aguaran la fiesta.

—No. Estuve con él en el campeonato de *saikato* de Transilvania.

—¿Eh? ¿Qué es eso?

Silvania se inclinó hacia delante, miró a Sally a los ojos y dijo lentamente:

—*S-a-i-k-a-t-o* es uno de los tipos de artes marciales más peligrosos del mundo.

Daka se inclinó también hacia Sally.

—Por cierto, en el campeonato Silvania estuvo en el podio de los campeones. En el medio.

Las gemelas miraron serias a Sally, asintiendo con la cabeza al mismo tiempo. Pero les costaba mantenerse serias. No habían mentido: Silvania de verdad había subido al podio en el campeonato. Lo que prefirieron no aclarar era que el *saikato* no era ningún tipo de arte marcial, sino una danza tradicional.

—Ah, bueno, un traje de gimnasia genial —dijo Sally, y se esfumó de allí con la cara roja.

Cuando Daka alisó su traje de rayas lila y negro, sin mangas y largo hasta las rodillas, muy parecido a un traje de baño antiguo, ya nadie se atrevió a decir nada.

Helene, que estaba rodeada por cuatro chicas que no paraban de cotorrear, observó a las gemelas de reojo y con disimulo.

La clase de gimnasia empezó con el calentamiento. Katrin Rennberg, la profesora, puso música para animar el ambiente mientras las chicas corrían. Daka se desfogó. Si no podía volar, al menos podría soltar su energía. Tenía que admitir que la música era casi tan buena como la de los Krypton Krax. Estaba tan metida en el entrenamiento que no oyó cuando la señorita Renneberg silbó y todas se agruparon a su alrededor.

—¡*Onu, zoi, trosch, boi schlappo noku mosch, boi, boi boi!* —iba cantando el último éxito de los Krypton Krax, con un desafiante puño en el aire.

Todo Primero B y la señorita Renneberg la miraban desde el borde de la pista. Sólo cuando la profesora silbó otra vez, Daka volvió a la realidad. Fue corriendo y se puso al lado de su hermana.

—Me alegro de que seas una entusiasta de los ejercicios de calentamiento —dijo la profesora.

Daka miró al suelo. Cuando la señorita Renneberg explicó el plan de la clase, miró a su hermana.

—¿He hecho mucho el ridículo? —preguntó en voz baja.

—Lo normal —Silvania se limpió un par de gotas de sudor de su pálida nariz y se tambaleó ligeramente.

—¿No te encuentras bien? —le preguntó Daka mientras se apresuraba a sostenerla del brazo.

Silvania sacudió la cabeza.

—Ya estoy bien, gracias. Es que el entrenamiento ha sido un poco agotador.

Daka arrugó la frente. Normalmente su hermana no se quedaba sin aliento tan rápido.

La señorita Renneberg dio dos palmadas.

—Bien, levantad la barra de equilibrio y colocad colchonetas.

Poco después, la barra de equilibrio estaba en pie, las colchonetas debajo, y un pequeño trampolín no muy grande delante. La señorita Renneberg mostró a las chicas un sencillo ejercicio gimnástico. Al menos parecía sencillo cuando ella lo hacía. Su coleta de caballo castaña se balanceaba al compás mientras daba un par de saltos en la barra de equilibrios. Para terminar, hizo una rueda.

—Bien, ahora os toca a vosotras. ¿Quién empieza? —la señorita Renneberg paseó la mirada sobre las chicas y se detuvo en Silvania.

Tal vez fuera por su extravagante traje de gimnasia o tal vez por su nariz, que brillaba tan blanca como la nieve.

Silvania respiró profundamente y se dirigió a la barra de equilibrio. Cogió impulso, pisó el trampolín con las dos piernas juntas y saltó sobre la barra. Se puso de pie lentamente, estiró los brazos hacia los lados y después dio dos pasos con los dedos de los pies empinados, como la señorita Renneberg les había mostrado. Saltó tres veces sobre una pierna en el mismo sitio, mientras las alitas de murciélago de su traje de gimnasia revoloteaban ligeramente. Quedaba muy bonito. Entonces se quedó muy quieta y lanzó una mirada a sus pies, que se tambaleaban de izquierda a derecha. Al principio, era un movimiento casi imperceptible, pero iba ganando cada vez más fuerza. Dio un paso hacia delante, después otro hacia atrás y dejó de oscilar. Finalmente agitó los brazos y se tambaleó sobre la barra hacia delante y hacia atrás.

—¿Silvania? ¿Todo bien? —la señorita Renneberg se había subido a la barra.

La cara de Silvania esbozó una sonrisa.

—Genial. Aquí arriba todo es tan tan... tan... verde —Silvania hizo un amplio movimiento giratorio con los brazos—. Todo lleno de *Tulipa karpata*. ¡Qué bonita bandeja de arena para gatos! —Silvania se bamboleó retrocediendo tres pasos y dejó un pie prácticamente fuera de la barra—. ¡Hups! —Silvania soltó unas risitas—. Soy una blanda nubecilla y floto —agitó los brazos y volvió a oscilar hacia atrás.

—Oh —dijo la señorita Renneberg agarrando a Silvania del brazo—. Mejor baja de la barra.

Pero Silvania no pensaba hacerlo. En ese momento se encontraba en alguna bandeja celestial de arena para gatos. Su sonrisa era amplia y seguía tambaleándose como ida. Algunas chicas de Primero B se pusieron las manos delante de la cara, otras abrieron los ojos desmesuradamente. Daka tenía los ojos clavados en su hermana y la boca abierta.

—*¡Schlotz zoppo!* La *tierritis* —murmuró.

Silvania susurraba algo como «tuli, trulla, tralla», y volvia a reírse. De pronto, puso cara seria. Se llevó una mano al pecho y comenzó a cantar las primeras líneas de *Transilvania, rodna inima moi*, mientras con la otra mano dirigía una orquesta invisible. Al mismo tiempo osciló con ímpetu hacia la derecha. Su pie buscó a tientas la barra, pero sólo encontró aire. Siguió tanteando y perdió el equilibrio.

Daka vio caer a Silvania. Más rápido de lo que cualquier humano podía ver (y haciendo caso omiso de la regla radical número uno), flopeó alrededor de la barra, recogió a Silvania y cayó sobre la colchoneta con su hermana en brazos.

—¡Ay! —exclamó Daka.

—¡Uy! —dijo Silvania soltando unas risitas.

La señorita Renneberg se deslizó por debajo de la barra y miró preocupada a las hermanas. Un círculo de curiosas de Primero B se formó alrededor del trío a toda velocidad.

—¿Os habéis hecho daño? —la señorita Renneberg palpó a Daka y a Silvania, que se rio aún más.

Daka se frotó el culo, sobre el que se había caído con todo su peso.

Silvania se inclinó hacia delante y escupió resuelta tres veces sobre el trasero de su hermana.

La señorita Renneberg frunció el ceño.

—¿Llamo a un médico? ¿O... a otra persona?

—No, ya está. Ya sé lo que necesita —dijo Daka.

Silvania se reía a carcajada limpia. De repente las facciones de su cara se helaron y sus pupilas dieron varias vueltas dentro de los ojos hasta que se quedaron quietas. Un golpe de hipo salió de su boca. En ese mismo momento, sus ojos se cerraron y su cabeza cayó hacia un lado.

Un jadeo atravesó la multitud de curiosas.

—¿Está dormida?

—¿Se ha desmayado?

—¿Está muerta? —cuchicheaban las filas de espectadoras.

De inmediato, Daka fue consciente de la gravedad de la situación. El miedo se deslizó dentro de ella como una serpiente fría y húmeda, desde las plantas de los pies y a través de la espalda hasta la nuca. Estaba paralizada y miraba a su hermana con los ojos abiertos de par en par. ¡Silvania había entrado en coma! ¿Qué pasaría si no volvía a despertarse? ¿O si lo hacía dentro de 3.500 años? A Daka se le encogió el corazón sólo de pensarlo. Tenía que sacar a su hermana del coma, aunque fuera con métodos violentos. Sin vacilar, tomó impulso y golpeó a Silvania con fuerza en la pálida mejilla.

Una parte de las curiosas retrocedió con temor, contenido la respiración.

La cabeza de Silvania cayó hacia el otro lado y en la mejilla apareció la marca rojiza de la mano de Daka. A parte de eso, seguía tan inerte como antes.

—¡Silvania, despierta ahora mismo! ¡Si no, no volveré a hablar contigo! —gritó Daka, sacudiendo a su hermana por los hombros.

¡Si pudiera hacer algo! En ese momento, el único deseo de Daka era recuperar a su hermana. No sólo volvería a compartir encantada la habitación, sino que hasta le dejaría la cama. Le prestaría a *Karlheinz* para hacerle cariñitos. Si era necesario, hasta leería con ella todas esas revistas de chicas y novelas románticas. Haría… todo por su hermana. Daka se revolvió el pelo desesperada. Entonces, sintió en su hombro una mano.

La señorita Renneberg se agachó junto a ella y le dijo:

—Seguro que sólo se ha desmayado. Lo mejor es ponerle las piernas en alto.

—Cuando mi abuela se desmayaba, mi abuelo le ponía sales debajo de la nariz —gritó Sally desde la primera fila de curiosas.

Fue como si un rayo atravesara la mente de Daka. ¡Pues claro! ¡Claro que podía ayudar a su hermana! No con una tontería de humanos como las sales. Con los medio vampiros se necesitaba una medicina más fuerte. Daka intentó acordarse del primer curso de primeros auxilios en Mordiscien: «En casos de desvanecimiento, colocar tierra natal directamente en la membrana mucosa». Daka se quitó la vieja zapatilla de deporte y el calcetín con un solo movimiento. Después se escarbó de entre los dedos de los pies un par de granitos de porquería y se los metió a su hermana inconsciente en la nariz. Poco después, ésta abrió los ojos y miró desconcertada a Daka.

—¡Puaj, qué asco! —exclamó Sally.

A algunas curiosas les dieron arcadas.

La señorita Renneberg estaba estupefacta.

Helene Steinbrück se inclinó hacia delante con curiosidad.

Silvania se metió los granitos de porquería hasta el fondo de la nariz y respiró hondo. La expresión confusa de su mirada fue desapareciendo poco a poco.

—Mi cabeza —se quejó—. ¿Dónde estoy?

—Estás a salvo —dijo la señorita Renneberg con resolución, y asintió con la cabeza balanceando su coleta de caballo.

—¿Por qué estoy tumbada junto a la barra de equilibrio, y por qué están todas a mi alrededor mirándome? —le susurró Silvania a su hermana.

—Bueno... eso mejor te lo explico en casa —dijo Daka.

—Sólo dime algo: ¿he hecho mucho el ridículo?

Daka miró de reojo al grupo que las rodeaba.

—Lo normal.

14
MÚSICA DE ÓRGANO DESDE EL SÓTANO

Los rayos del sol de la tarde caían oblicuos sobre la ventana del comedor del chalet adosado número 21. La ventana estaba un poco entreabierta. Dirk van Kombast trabajaba con su ordenador portátil sobre una gran mesa de cristal junto a la ventana. Encima de la mesa había un batido y una tostada de pan con queso fresco.

Sus finos dedos corrían mecánicamente y con rapidez sobre el teclado. Dirk van Kombast organizaba un par de transacciones de contratos y de citas con los médicos. Después, abrió una carpeta que decía «Privado». Mordió la tostada, bebió un trago de batido y se limpió la boca con una servilleta de flores de color rosa y blanco. Hizo clic en varias carpetas privadas hasta que llegó a la subcarpeta «Familia T./Nº 23».

Abrió una tabla. En las columnas se podía leer lo siguiente: *Fecha/Hora; Lugar; Sujeto; Descripción del sujeto; Acción; Observación; Comentarios.*

Dirk van Kombast leyó por encima las líneas, dándose al mismo tiempo toquecitos con el dedo en la boca. Después escribió debajo de la tabla: «Especialmente sospechoso el sujeto M.T., así como los sujetos D.T. + S.T. (Sujeto E.T. aún no está claro): piel pálida, casi transparente; olor a tierra, con un olor excesivo a crema solar; música de órgano desde el sótano, actividad noct...».

—¿Estás escribiéndome en secreto una carta de amor?

Dirk van Kombast se encogió de hombros. Sonia, la temperamental enfermera del doctor Röchel, lo abrazó por detrás. Había olvidado por completo que seguía en su casa.

—Especialmente sospechoso —leyó Sonia—. ¿Qué significa esto? ¿Juegas al detective aficionado o algo así?

—No —dijo entre dientes Dirk van Kombast, y antes de que Sonia siguiera leyendo, cerró la ventana con energía.

Sabía que la enfermera se burlaría de él si le decía la verdad, si le confiaba su secreto.

Dirk van Kombast recordaba bien las humillaciones que había sufrido su madre. Irene van Kombast era la mujer más hermosa que conocía Dirk. Nadie tenía un pelo rubio tan bonito, las manos tan suaves y los ojos tan cálidos como su madre. Cuando era niño, ella le parecía un ángel. En el instituto se mofaban de Dirk van Kombast por ser un niñito de mamá, pero a él le daba igual. Dirk también tenía un padre, un intrépido emprendedor, pero nunca le interesaron sus aventuras. Prefería sentarse junto a su madre, ir con ella de compras o quedarse en el sofá acurrucado a su lado.

Un día nebuloso de noviembre ocurrió algo que cambiaría la vida de Irene y de toda su familia. Dirk acababa de empezar hacía un par de meses el último curso del instituto. Al volver a casa de clase, encontró en la cocina a su hermosa madre completamente irreconocible: con el cabello enmarañado, las ropas desgarradas y una mirada vacía que daba miedo. Dirk intentó hacerla hablar. Llamó a su padre, que telefoneó al médico, pero Irene van Kombast no dijo nada durante todo un mes.

Un médico le diagnosticó un estado de choque, otro un trauma y un tercero una parálisis de las cuerdas vocales. Vino la policía e interrogó a los vecinos. Un hombre la había visto aquel día a andando por el bosque, otro la había visto en el tejado de la torre de la iglesia y un tercero en la peluquería canina (aunque los Van Kombast no tenían ningún perro).

Treinta y dos días después de aquel misterioso suceso de noviembre, la señora Van Kombast recuperó el habla. El primer médico dijo que había salido del estado de choque, el segundo médico opinó que ahora asimilaría su trauma de forma activa, y el tercer médico, el que había diagnosticado una parálisis de las cuerdas vocales, declaró que estaba curada. Pero las palabras que salían de la boca de Irene van Kombast no sonaban como si estuviera curada. Agitaba los brazos como una loca, abría los ojos de par en par y gritaba: «¡Vete, *rapedadi!* ¡Desaparece, vampiro!». Lo hacía una y otra vez hasta que perdía el aliento. Después se dejaba caer en el sillón y miraba al vacío con la mirada perdida. Solamente cuando Dirk se sentaba a su lado, ella conseguía sonreír débilmente.

El estado de Irene van Kombast ya no mejoró nunca. Los médicos se enfrentaban a un misterio. En el vecindario empezó a hablarse de su estado. Algunos sentían compasión por ella, otros disimulaban. La mayoría la tomaba por una chiflada.

El señor Van Kombast cada vez se sentaba menos junto a su mujer. A veces se quedaba toda la noche fuera, a veces un par de días, a veces una semana. Por consejo de los médicos, finalmente internó a su mujer en un psiquiátrico. Por consejo de varios de sus amigos, se divorció de Irene van Kombast. Dirk vivió aún un año con su padre, pero en cuanto cumplió los 18, se mudó de casa. Nunca le perdonó haber dejado a su madre en la estacada.

Al principio, Dirk visitaba a su madre a diario en la clínica. Ella se limitaba a sonreírle, pero a veces también le hablaba. Al comienzo, a Dirk le costaba seguirla. Pero como si fuera un puzle, los retazos de frases formaron un cuadro, y él fue entendiendo poco a poco. Ese día de noviembre, Irene van Kombast se había sentido atraída hacia el bosque por una fascinación inexplicable. Y después —Dirk no estaba seguro de haber entendido bien— unos vampiros se abalanzaron sobre ella. La persiguieron por el bosque, uno de los vampiros la atrapó y voló con ella entre los árboles a una velocidad vertiginosa. Después, los vampiros se lanzaron a Irene unos a otros como si fuera una pelota. Bailaron a su alrededor y le mostraron los dientes, pero no la mordieron. Al final la depositaron sobre la torre de la iglesia entre la espesa niebla, de donde consiguió bajar después de varias horas. Dirk van Kombast al principio no creyó nada de aquello. ¡Vampiros! ¡Pamplinas! Los vampiros existían en los libros, en la tele y en el cine. Pero no en bosquecillos municipales. Sin embargo, las descripciones de su madre eran tan vivas y tan detalladas que le entraron dudas. Ella hizo dibujos de los vampiros y se acordó de algunas palabras de su lengua. Irene van Kombast creía haber escuchado cosas como «*fumpfs*» y «*schlotz zoppo*». Ignoraba su significado.

Cuanto más oía hablar sobre los vampiros Dirk van Kombast, más le fascinaban. Durante horas navegó por internet y se asombró de que su madre no fuera la única que había vivido un desagradable encuentro con esos seres. Había más víctimas por todo el mundo. Dirk encontró páginas especializadas y estudios científicos detallados que demostraban la existencia de los vampiros. Fue obsesionándose cada vez más con la idea de tenerlos cerca. Por así decirlo, había olido sangre.

Prometió vengar a su madre. Los vampiros la habían arrastrado a la locura, y él acabaría con ellos. Pero tenía que tener cuidado para no acabar él mismo en un psiquiátrico. Aquél era su gran secreto.

—Entonces, ¿no voy a recibir ninguna carta de amor tuya? —Sonia enrolló en sus dedos un mechón rubio de pelo de la nuca de Dirk.

—Eh... no —respondió Dirk, a quien Sonia había sacado de sus cavilaciones.

—Qué pena. Habría sido tan románt...

—¡Shhh! —dijo Dirk, inclinándose con cuidado hacia la ventana.

Por la calle se acercaban las gemelas vecinas.

Una de ellas, Dakaria, si Dirk van Kombast recordaba bien, llevaba como siempre unas gafas de sol demasiado grandes, y la otra, que debía ser Silvania, se había puesto el sombrero bien calado en la frente.

Dirk van Kombast abrió la ventana un poco más y escuchó.

—¿De verdad he cantado *Transilvania, rodna inima moi?* ¿En medio de la barra? ¿Delante de todas? —preguntó Silvania.

—Sí, pero sólo las primeras líneas de la canción, después te caíste y te desmayaste —respondió Daka.

—Gracias por salvarme —dijo Silvania, colocando el brazo alrededor de los hombros de su hermana y apretándola.

Daka hizo un gesto negativo con la mano.

—Mejor piensa en algo para que no te vuelva a ocurrir.

—¿Y qué hago? ¡La cadena ha desaparecido!

—Pues pégate un poco de tierra natal en el ombligo.

Dirk van Kombast vio a Silvania hacer una mueca de asco.

—Eso es antihigiénico total.

—Mejor algo antihigiénico que desmayarse —opinó Daka.

Silvania suspiró y echó una rápida mirada hacia la casa de Dirk van Kombast. Éste retrocedió asustado. Pero detrás de las cortinas ella no podía verlo.

—Me puedo pegar un par de granitos con cinta adhesiva debajo del reloj.

—Me parece mucho lío, pero será mejor que nada —consideró Daka.

Después, las dos chicas se encaminaron hacia la entrada de la casa número 23 y desaparecieron en el interior del chalé.

Dirk van Kombast se apoyó en el respaldo de su silla y se quedó mirando el ordenador con aire pensativo. Podía ver la antigua foto en la que aparecía junto a su madre, colocada como fondo de pantalla.

—¿La has oído? Tiene que meterse tierra de su país en el ombligo. ¿No es un poco… sospechoso?

—¿Qué hay de sospechoso? Son dos niñas que tendrían 12 ó 13 años, sólo tienen tonterías en la cabeza. Yo era igual.

Dirk se giró aturdido hacia Sonia.

—No estaba hablando contigo.

Sonia miró irritada alrededor de la habitación.

—¿Entonces con quién?

—Con mi madre —Dirk señaló con la barbilla la pantalla.

—Oh —Sonia enarcó las cejas—. Con tu madre. Entiendo. Entonces... mejor me voy.

Dirk van Kombast asintió distraído y siguió mirando fijamente hacia delante. Apenas si se dio cuenta cuando Sonia abandonó la casa. Algo era seguro: había que seguir vigilando a la «Familia T./Nº 23». Y tal vez con mayor intensidad.

15

AQUELLAS HERMANAS PÁLIDAS COMO UN MUERTO

Estaba sentada en su lugar favorito. La piedra era grande, redonda y la cubría una capa de musgo; rodeadas de hierba alta, las lápidas de alrededor sobresalían como pilotes en el agua. Helene no les temía. Eran sus amigas.

Arrancó una brizna de hierba de la tierra y recorrió con ella su brazo izquierdo, en el que un monstruo de seis brazos con verrugas, ojos saltones y dientes afilados como cuchillos cazaba una gigantesca araña peluda. A Helene le hubiera encantado tener tatuajes auténticos, pero su padre no se lo permitiría nunca. Era anticuado. Le había llevado casi un año acostumbrarse a los dibujos del brazo y opinaba que era sólo una fase que pronto se pasaría. Los adultos podían ser muy inocentes.

Helene sacó su diario. Era un librito de color azul oscuro con una brillante cinta marcapáginas. Raramente escribía más de un par de líneas. Ya tenía que hacer bastantes redacciones en clase de Lengua. La mayoría de las veces sólo anotaba lo que se le ocurría —un pensamiento aislado, un recuerdo o una pregunta que se le cruzaba por la cabeza.

Se metió el bolígrafo en la boca y reflexionó. Helene pensaba en Silvania y en Daka Tepes. Desde que las había visto por primera vez, las gemelas no se le iban de la cabeza. Algo estaba claro: eran diferentes a las otras chicas del colegio. No sólo porque vestían de forma extraña, se quedaban dormidas todo el tiempo, se tambaleaban en la barra de equilibrio y se metían en la nariz bolitas de porquería de los dedos de los pies. Claro, eso ya era bastante estrafalario. Pero había algo oscuro alrededor de aquellas hermanas pálidas como un muerto. Si hasta debajo del olor a crema solar percibía un ligero aroma de moho.

¿O era su imaginación?

Helene estaba casi segura de que las hermanas tenían algo que esconder. Y ella podía entenderlas. Se sacó el bolígrafo de la boca y escribió en el diario: «¿Silvania y Daka Tepes también tienen un secreto?, ¿como yo?».

16

MEDIO KILO DE CARNE PICADA COMO RECOMPENSA

Desde que Helene Steinbrück había abordado a Daka y Silvania en el pasillo del colegio, a las gemelas no les parecía tan terrible ir al Instituto Lessing. Pero seguía siendo una mala experiencia. Las hermanas estaban cansadísimas durante el día. Silvania se pellizcaba continuamente el brazo para permanecer despierta. Daka se había metido a hurtadillas en el gimnasio durante el recreo y se había colgado por los pies de las barras asimétricas para dar una cabezadita. Sus ronquidos habían alarmado a Olaf Zecher, el bedel, que pensaba que un animal salvaje del zoológico se había escapado y estaba dentro del gimnasio.

A Olaf Zecher le parecían graciosas algunas cosas que no tenían ninguna gracia para los demás. Cogió el silbato de la señorita Renneberg y le silbó directamente en la oreja a la roncadora Daka. Del susto, la niña se cayó de la barra. Por suerte, Zecher no sólo tenía un curioso sentido del humor sino también mucha fuerza y una gran velocidad de reacción. Atrapó a Daka antes de que aterrizara en el suelo.

El señor Graup, por su parte, todavía no había olvidado la historia con el tomate y el coscorrón. La mayoría de las veces ignoraba a Silvania cuando ésta levantaba la mano en clase y, en cambio, le preguntaba a Daka cuando estaba ensimismada canturreando a los Krypton Krax. Si Daka no conocía la respuesta (es decir, casi siempre), el señor Graup suspiraba y preguntaba a Rafael Siegelmann, que se las sabía todas.

Lucas Glöckner no sabía contestar a nada, pero los profesores tampoco le preguntaban. A excepción, claro está, de la profesora de música. La señorita Burckhardt adoraba la aguda voz infantil de Lucas, y trataba de convencerlo en cada clase de que se uniera al coro del colegio. Lucas odiaba su voz aguda. Hubiera preferido hablar con una voz grave y atronadora, como la de un monstruo. Además, los monstruos no tenían que ir a clase.

Ludo Schwarzer, en cambio, hablaba tan bajito como si fuera a desintegrarse en el aire en cualquier momento; aunque casi nunca decía nada (y si lo hacía, era casi siempre para sí mismo). Se deslizaba como una sigilosa pantera por los pasillos del instituto; sus movimientos eran casi imperceptibles y muy rápidos. De un segundo a otro aparecía en otro lugar. Parecía como si flopeara. Al menos eso pensaban las gemelas. Pero entonces tendría que haber sido un vampiro o un medio vampiro. Y no lo era. Las gemelas lo hubieran olido enseguida.

Por suerte, estaba Helene Steinbrück. Daka y Silvania estaban de acuerdo en que era la chica más guapa y más lista de Primero B, y también la más interesante y genial. Sin embargo, con ella sucedía algo muy extraño: por alguna razón, Helene no tenía ningún amigo. Seguro que habría encontrado siempre a alguien que le hubiera llevado la mochila encantado o hubiera compartido en el recreo su merienda con ella. Pero aunque ante los ojos de las gemelas Helene fuera la amiga perfecta, ella siempre decidía mantenerse apartada. Algunos alumnos evitaban el trato con ella y la mayoría de profesores la trataban con guante de seda. ¿Era porque olía a moho? ¿O porque de repente abría los ojos de par en par y se quedaba mirando fijamente hacia delante? Las gemelas no lo sabían. Era como si Helene estuviera rodeada por una especie de aura protectora.

Daka y Silvania hacían todo lo posible por atravesar su aura. Las gemelas competían por la amistad de Helene. Daka había seguido el consejo de la abuela Rose; Silvania, por el contrario, el del abuelo Gustav. Pero no habían llegado demasiado lejos.

Silvania lanzaba una mirada disimulada de vez en cuando a Helene en la clase de Historia. Pero Helene estaba absorta mirando los labios del señor Graup, como si éste fuera un profeta. Al final, Silvania se daba por vencida y empezaba a soltar suspiros leves, mientras jugaba ensimismada con su reloj.

Después de la peligrosa caída en la clase de Gimnasia, Silvania se había pegado un par de granos de tierra debajo del reloj. Pero mientras no encontrara su cadena, viviría con un miedo permanente a desmayarse de nuevo. No se fiaba demasiado de los granitos de tierra en la muñeca. Y tampoco había que olvidar que una cadena era mucho más elegante. En cuanto Silvania se sentía un poco débil, se tambaleaba o se atascaba al hablar, le entraba un ataque de pánico. ¿Era el siguiente ataque? Tenía claro que un nuevo coma podía ser el último.

Había revuelto toda la casa con Daka buscando la cadena. Habían mirado en cada esquina, debajo de cada armario, en la bandeja del gato, en el horno, en el microondas y hasta en el tambor de la lavadora. Lo más raro es que habían colgado una nota en el tablón de anuncios del colegio y hasta ahora nadie había respondido. A lo mejor era porque, como recompensa, habían ofrecido medio kilo de carne picada. En Mordiscien, cualquiera se habría tirado al suelo a buscar la cadena para quedarse con el premio.

Silvania miraba a través del señor Graup y sólo escuchó a medias cuando dijo que abrieran los libros de Historia. Leyó por encima el capítulo. Después sacó la postal de la abuela Zezci que había llegado la noche anterior por murciélago exprés, y la miró por ambos lados por centésima vez. En la parte delantera de la postal había un hombre bailando, cuyas trenzas rastas volaban a su alrededor como las cadenas de un carrusel. En el reverso, la abuela había escrito con letra temblorosa (la madre de Mihai Tepes tenía ya 25.445 años):

¡Hoi, *niñas!*

Me recupero genial de mis 13.533 años de matrimonio en las playas jamaicanas. He hecho muchos amigos: Juan, Eddie, Bruce, Bounty y Bob.

Tengo que terminar, Bob me trae un Bloody Larry.

Tirili,

Vuestra abuela, Zezci.

Silvania olisqueó la postal. Olía a sal, crema solar y al tabaco de vainilla que la abuela solía fumar en pipa. Silvania cerró un momento los ojos e intentó imaginársela en las playas de Jamaica. ¿Se habría enterrado en la arena para protegerse del sol? ¿O cada media hora la embadurnarían de crema Bob, Bruce y Juan? ¿O estaría tumbada en la playa dentro de un ataúd? Ojalá que el Bloody Larry no la animara demasiado. En Jamaica cualquier vampiro podía quedar hecho polvo —literalmente— muy rápido. Pero la abuela Zezci ya era bastante mayor como para cuidar de sí misma. Aunque también estaba lo suficientemente loca como para olvidarse de hacerlo.

Silvania decidió leerle al abuelo Gobol la postal. El abuelo estaba en la repisa del comedor, en un cenicero de barro. Había muerto durante unas vacaciones en Grecia por un envenenamiento de ajo. Quedó hecho polvo. La abuela Zezci no pudo hacer otra cosa más que guardar sus restos en su cenicero. A pesar de que durante sus 13.533 años de matrimonio sólo habían discutido, la abuela estaba muy triste. Tal vez porque ya no tenía a nadie con quien discutir. Y porque 13.533 años es mucho tiempo. Uno se acostumbra al otro.

Silvania estaba pensando en las playas de Jamaica cuando sonó el timbre. Por el rabillo del ojo percibió el movimiento, rápido como un rayo, de su hermana. Daka empujó hacia atrás la silla con un ruidoso «¡ras!», y de repente ya estaba a medio camino de la mesa en la que se sentaba Helene junto a la ventana. Silvania se puso en pie de un salto. Quería pasar también los cinco minutos de pausa entre Historia y Geografía con Helene, su (ojalá pronto) mejor amiga. Silvania tuvo que dominarse para no faltar a la regla radical número uno («No volar a la luz del día») ni a la número seis («No flopear»).

Pero después de un par de pasos, Daka y Silvania fueron detenidas de forma abrupta. Delante de ellas había un armario. El armario tenía pelo corto castaño, una narizota redonda de zopenco y unos brillantes ojos burlones. El armario también tenía nombre. No se llamaba Billy ni Träby, como los armarios de las tiendas de muebles suecas, sino Lucas Glöckner.

—¿No hay peluqueros en *Transilvonia*? —preguntó.

Daka gruñó. La misma historia de los últimos días: Lucas aparecía en el momento inadecuado y hacía preguntas inoportunas.

—No se llama *Transilvonia* sino Transilvania —siseó Silvania—. Y claro que tenemos peluqueros.

—¿Y por qué no habéis ido nunca a uno? —señaló riéndose la cabeza de erizo de Daka.

Intentó que su voz sonara monstruosamente grave, pero a las gemelas les pareció que sonaba a gallina clueca.

Daka sacó barbilla y pecho.

—¿No hay piscinas en Bindburg?

Lucas frunció la frente.

—Pues claro, varias.

—¿Por qué no metes la cabeza en una debajo del agua y esperas a que pase un pez para hacerle tus preguntas? —fue la respuesta de Daka.

Lucas seguía con la frente fruncida. De repente, apareció entre sus ojos una arruga marcada.

—¡Qué tía borde...!

Daka y Silvania hicieron caso omiso de Lucas y pasaron a su lado atropelladamente. Tenían que ir donde Helene antes de que se acabara la pausa. Pero al lado de la mesa de Helene estaba Rafael Siegelmann. La misma historia de los últimos días.

Si Lucas era el armario, Rafael era el perchero. Era el más alto y delgado de Primero B. La raya de su pelo rubio era como una nube de mantequilla en un *buffet* de desayuno. Cuando iba deprisa a la siguiente clase por el pasillo del colegio, encogía la cabeza ligeramente y sacaba los hombros hacia delante, como si de ellos colgaran pesos invisibles. Pero cuando saludaba a un profesor, levantaba la mano o salía a la pizarra, erguía la cabeza, echaba hacia atrás los hombros y se le rizaba el pelo.

—¡*Fumpfs!* —susurró Daka—. ¿Qué quiere Rafael otra vez con Helene?

Silvania se encogió de hombros.

—Ser el mejor, también con ella.

Rafael era el mejor en Mates, Lengua, Física, Química, Biología, Inglés, Geografía e Historia. También era el mejor en estar callado, en tomar apuntes, en levantar la mano, en ser puntual, en ser ordenado, en saludar educadamente a los profesores, en no cruzar el semáforo en rojo, en poner la mano delante de la boca al bostezar... Era el mejor en ser el mejor.

Silvania miró con tristeza hacia Helene.

—¿Crees que los dos son muy amigos?

—¡*Gumox!* —Daka no podía creer que Rafael fuera amigo de Helene. Estaba segura de que no podía ser el mejor en lo de ser amigo de nadie. Se dirigió hacia Helene a grandes zancadas y Silvania la siguió.

Cuando por fin llegaron junto a ella, sonó el timbre. Rafael se dio la vuelta en medio de la agitación de sus rizos de mantequilla. Miró de arriba abajo a Daka y a Silvania, enarcó una ceja y dijo:

—Habéis llegado tarde. Creo que acaba de sonar el timbre —después sonrió maliciosamente.

—Sí, es mejor que te sientes corriendo en tu sitio —opinó Daka.

Rafael miró de reojo hacia el señor Graup, que estaba delante de la clase arremangándose su camisa azul oscuro. Después miró a Helene.

—Entonces, nos vemos después como hemos quedado, ¿vale?

Helene asintió.

Silvania tragó saliva. ¡Helene había quedado con Rafael! Era con *ella* con quien tenía que quedar. Daka sintió lo mismo. Las gemelas no tenían tiempo para una larga charla. Tenían que actuar de inmediato.

—¿Vamos al cine mañana a ver una película de miedo? —soltó Silvania.

—¿Quieres ir conmigo mañana a ver una peli de miedo? —preguntó Helene enarcando las cejas.

Silvania asintió resplandeciente, como si no hubiera en el mundo nada mejor que las películas de terror. Y eso que no le gustaban. En honor a la verdad, pasaba un miedo terrible cada vez que veía una. Pero Helene le había contado que le encantaban y que quería ir sin falta a ver una de la que se hablaba en todas partes y que echaban en el cine a partir del día 16. Silvania pensó que era su obligación sacrificarse por la que pronto sería su mejor amiga.

—¿Por qué mejor no pasas mañana por casa? —propuso Daka—. Podemos sentarnos en mi mitad de habitación y jugar con *Karlheinz*.

—¿*Karlheinz*?

—Mi sanguijuela.

Helene se encogió de hombros. No quedó claro si la palmada que dio sobre la mesa tenía que ver con *Karlheinz* o con el señor Graup, que ya iba a iniciar su clase.

—Vale —susurró Helene—. Hablamos de todo después del cole, de camino a casa.

Las tres chicas asintieron con la cabeza, y Daka y Silvania se deslizaron en silencio hasta su mesa bajo la hosca mirada del profesor.

El señor Graup anunció que iba a hablar sobre un «tema muy serio», y puso una lámina en la pared sobre el efecto invernadero. El tema era serio, el señor Graup no bromeaba. Pero Daka y Silvania sonreían. ¿Por qué? Porque la idea de ir de camino a casa con Helene les producía un cosquilleo en la barriga.

17

UN PELIGRO PÚBLICO AL VOLANTE DE UN DACIA

Mihai Tepes se apoyó con los brazos extendidos en su Dacia de color verde botella. El coche estaba aparcado en la calle Ringelnatzstrasse, delante del Instituto Lessing. De vez en cuando, el señor Tepes pasaba la manga sobre el capó. Lo hacía suavemente, como si acariciara a un bebé.

Era un Dacia 1300 del lejano año de 1974. Tenía cuatro marchas, cuatro cilindros y 54 caballos. Alcanzaba una velocidad de 145 km/hora, con un consumo de 8,5 litros por cada 100 kilómetros. Para el abuelo Gustav era incomprensible la razón por la cual Mihai Tepes se aferraba a aquel viejo trasto contaminante. Opinaba que el valor del Dacia se duplicaría sólo con llenar el depósito entero. Pero Mihai Tepes adoraba su «Volkswagen rumano», como él lo llamaba. No había tenido el coraje de dejar el coche solo en Transilvania, pero un viaje con el Dacia desde Rumania hasta Alemania era imposible. El coche estaba tan decrépito que posiblemente se habría quedado parado en una llanura húngara. Por eso Mihai Tepes lo había hecho traer en tren desde Transilvania. ¡Y hoy, por fin, el Dacia había llegado! Mihai Tepes no se iba a privar del placer de recoger con él a sus hijas en el colegio. Seguro que se pondrían contentas.

Un brillante Volvo estaba aparcando delante del Dacia. El conductor observó la antigualla de color verde botella al pasar junto a él. El señor Tepes golpéo el capó, sonrió y dijo:

—Original de la fábrica de automóviles Piteflti. ¡Calidad de primera!

Su bigote de regaliz se le rizó de orgullo.

El conductor del Volvo asintió y continuó deprisa su camino.

Un timbre potente sonó desde el viejo edificio del instituto. Después se abrieron las pesadas puertas de madera y un montón de chicos, tan numerosos como hormigas, bajaron corriendo por los escalones de piedra hacia la calle. Aquel centro parecía una cazuela de leche que se derramara al hervir. Cada vez había más alumnos que borboteaban del edificio. Cuanto más pequeños, más rápido corrían. Cuanto más grandes, con más desgana arrastraban los pies.

Las hijas del señor Tepes estaban en la edad intermedia de andar arrastrando los pies. Bajaron las escaleras a una velocidad moderada. El señor Tepes no tuvo problemas para reconocerlas entre los demás alumnos. No iban vestidas con tantos colores ni hablaban y gesticulaban tanto y... tenían un aspecto diferente.

Daka, con su peinado de erizo de mar y las enormes gafas de sol, habría podido pasar por una estrella de rock de una revista de 1978. Silvania, con su sombrero y su falda cortada meticulosamente, habría quedado bien en una antigua novela inglesa (que por supuesto trataría de amor, traición, pasión y honor). El señor Tepes estaba muy contento de que sus hijas destacaran entre la masa. Al fin y al cabo, eran distintas del resto del colegio. Eso lo podían mostrar tranquilamente y con mucho orgullo.

Entre Daka y Silvania iba una niña rubia. Vestía normal, con vaqueros y una camiseta, pero brillaba casi como un ángel, pensó Mihai Tepes. A lo mejor era por el pelo claro o los ojos luminosos. Su brazo izquierdo estaba completamente pintado de arriba abajo. ¿O eran tatuajes auténticos? De pronto, la niña levantó un brazo y saludó. El señor Tepes se señaló interrogativo a sí mismo. Miró a su alrededor. Entonces se dio cuenta de que la niña rubia no lo miraba a él, sino al Audi azul que acababa de aparcar detrás de él.

—¡Papá! —exclamó la niña.

—¡¿Papá?! —gritaron Daka y Silvania al mismo tiempo, miraron hacia su padre con los ojos abiertos de par en par y bajaron los últimos escalones.

Pero Mihai Tepes ya no oía a sus hijas. Sólo tenía ojos y oídos para el conductor del Audi azul. Había bajado de su coche de un salto para abalanzarse sobre el señor Tepes.

—¡USTED! —gritó el hombre con la cara roja como un tomate. Sus ojos ardían de cólera detrás de las pequeñas gafas redondas y parecían echar chispas. Tenía estirado el dedo índice y señalaba a Mihai Tepes como si tuviera una pistola—. ¡Fue USTED! ¡Lo reconozco muy bien!

El señor Tepes se estiró las puntas del cuello de su capa negra, se alisó el bigote y lanzó con ímpetu hacia atrás su melena negra como el azabache.

—¿Perdón?

—¡No mienta! ¡A mí no me engaña! Usted entró de noche en mi casa e intentó mor… mor… —el hombre jadeó—. ¡MORDERME!

El señor Tepes levantó una ceja.

—¿Ah, sí?

Daka y Silvania miraban desconcertadas, primero a su padre y después al padre de Helene.

Helene observó con curiosidad al señor Tepes.

El señor Steinbrück se pasó la mano por su pelo rubio canoso, que empezaba a mostrar los efectos de la calvicie en las entradas. Su frente brillaba como Caperucita Roja en el bosque. El padre de Helene miró a todos lados, señaló al señor Tepes y gritó:

—¡Este hombre es un peligro público! ¡Es un enfermo mental, un monstruo, tendría que estar en un psiquiátrico...!

El señor Steinbrück iba a hacer más propuestas sobre a dónde era mejor enviar a Mihai Tepes, pero su hija le tiraba del brazo.

—Vámonos al coche, papá.

El señor Steinbrück tragó saliva tres veces y después asintió lentamente con la cabeza. Aquello sonaba razonable. Antes de cerrar de un golpe la puerta de su Audi azul, volvió a clavar los ojos en el señor Tepes, bajó la mirada y dijo despacio:

—Tendrá noticias de mi abogado.

Después se sentó en el coche. Helene se montó por el lado del copiloto. Se detuvo un instante y miró con gesto inexpresivo a Daka y a Silvania.

En ese momento, Silvania vio brillar algo en el bolsillo del pantalón vaquero de Helene. Parecía una cadena. Una cadena fina de oro. Una cadena como la que había perdido.

Un segundo después, Helene cerró la puerta del copiloto y el Audi azul salió a toda velocidad por la calle Ringelnatzstrasse. Las gemelas, desconcertadas, siguieron con la mirada el coche con la boca abierta. Los ojos del señor Tepes se entrecerraron, pero en su boca se dibujaba una fina sonrisa.

En el gran castaño próximo a la escalera del instituto había una figura delgaducha apoyada. Había observado la escena con sus ojos de color ocre sin perder detalle. Ludo Schwarzer no apartó su mirada ni de las gemelas ni de su padre hasta que se alejaron dentro del traqueteante Dacia.

18

PELLEJO DE SANGRE AGUADA

Daka se sentó delante, puso los pies en el salpicadero y se alisó el pelo.

—*¡Krötz jobju suchoi murja!* —murmuró (una expresión muy fuerte en vampírico. Tan fuerte que no se puede traducir).

El señor Tepes, irritado, le lanzó una rápida mirada antes de volver a concentrarse en la carretera.

—¿Qué?

Silvania, que estaba sentada en el asiento trasero, enroscó sus brazos alrededor del reposacabezas de Daka y lanzó a su padre una mirada atónita.

—*¡Fumpfs, fumpfs* y mil veces *fumpfs!* —silbó entre dientes.

El señor Tepes arrugó la frente.

—¿QUÉ?

Daka soltó un gruñido.

—Pues el hombre del coche azul. ¿Sabes quién era?

—Sí. Un presumido engreído, un inútil y un hipócrita —respondió el señor Tepes.

—Era el padre de Helene Steinbrück —explicó Silvania desde el asiento trasero.

El señor Tepes levantó su bigote de regaliz.

—¡Bah! Me da lo mismo que sea el padre del emperador de la China —el señor Tepes se paró—. ¿Quién es Helene Steinbrück?

—Helene Steinbrück es la chica más guapa, más lista, más guay, más interesante y más maja de todo el instituto y casi se convierte en nuestra amiga —soltó Daka como una metralleta.

—Entonces habéis tenido suerte, ¿no?

El señor Tepes sonrió a sus hijas, pero enseguida frunció los labios, al ver la cara de pocos amigos de las gemelas.

—¿Has mordido al señor Steinbrück? ¿Sí o no? —preguntó Silvania.

El señor Tepes miró un momento en silencio a la carretera. Después murmuró:

—Ya me hubiera gustado. Pero ese pellejo de sangre aguada duerme con un reposacabezas. ¡Un reposacabezas! ¡Imaginadlo!

—¿Por qué? —preguntó Daka.

—¡Eso me pregunto yo también! —el señor Tepes asintió enérgicamente con la cabeza.

—No, me refiero a por qué querías morderlo.

—¡Porque ese macho medio calvo es un seductor de mujeres de la peor calaña! —gritó Mihai Tepes, y dio un tremendo golpe sobre el volante mientras hacía sonar la bocina.

Silvania se sobresaltó. El susto despertó en ella un recuerdo.

—¡Daka! —dijo sacudiendo a su hermana por los hombros—. ¿Sabes quién se parece al señor Steinbrück, pero sin gafas?

—A alguien más guapo —dijo Daka arrugando la frente.

—No, a Peter. Ya sabes, el simpático casero de la tienda de tapas de váter de mamá.

Daka se dio un golpe con la mano en la frente.

—¡Peter es el señor Steinbrück! ¡El padre de Helene y el casero de mamá son la misma persona!

—Ese presunto simpático casero —empezó el señor Tepes— es dentista de profesión. Y todos sabemos ya que los dentistas no pueden ser buenas personas.

El señor Tepes elevó el bigote, dejando al descubierto sus inmaculados colmillos puntiagudos, tan largos como palillos para los dientes. Una vez, un dentista húngaro había querido ponerle a Mihai Tepes en su juventud un aparato para los dientes y otro dentista austriaco se había atrevido a sugerirle la extracción de un colmillo. Desde entonces, tenía atravesados a los dentistas.

—La tienda que ha alquilado a Elvira está justo debajo de su consulta. Justo debajo. Techo con suelo. Todo el tiempo. ¿No es una desvergüenza?

—¿Por qué? —preguntó Daka.

—Porque ese señor Steinbrück no sólo es dentista, padre de Helene y el «simpático» casero de vuestra madre. Además, su segunda profesión es la de *playboy* profesional, casanova y rompecorazones.

—Pues a mí no me lo parece para nada —consideró Silvania.

—Puro camuflaje —opinó el señor Tepes.

—¿Qué hace un *playboy*? —quiso saber Daka.

El señor Tepes hizo caso omiso a su pregunta.

—¡Por su profesión principal, de día perfora agujeros, y como oficio secundario anda revoloteando alrededor de mi mujer, la cubre de flores y cumplidos y quién sabe qué más!

—¿Eso hace un *playboy*? —Daka miró a su hermana con gesto interrogativo.

Silvania simplemente negó con la mano, se dejó caer sobre el respaldo del asiento trasero y puso los ojos en blanco. Ya estaba bastante familiarizada con el amor, los celos y las tragedias. Al menos teóricamente. Devoraba todo lo que entraba entre las dos tapas de un libro y sonaba a penas del corazón. Pero tenía que admitir que jamás se había topado con un personaje novelesco tan celoso como su padre.

Cuando volvió a mirar por la ventana, aparecieron las primeras casas del barrio residencial de adosados. Sintió una punzada en el hombro izquierdo y se tanteó el cuello instintivamente buscando su cadena. Entonces se acordó de que la cadena seguía sin aparecer por ningún lado y que llevaba tierra pegada con cinta adhesiva en la parte inferior del reloj. Silvania se frotó el reloj contra la muñeca mientras pensaba en Helene. ¿Había brillado una cadena dorada en el bolsillo de su pantalón? Todo había ocurrido tan rápido... A lo mejor había visto mal. Seguro.

Pero Silvania Tepes veía normalmente con la rapidez y la precisión de un águila.

19

JAM SESSION DE FURIA RADICAL

El señor Tepes aparcó el coche atravesándolo en la calle Lindenweg número 23, sobre la pequeña porción de césped de delante de la casa (pensaba que el Dacia verde botella luciría más de esa forma) y se fue corriendo a dormir al sótano. Para su gusto, el día resultaba demasiado soleado. Y sus hijas estaban de un humor pésimo. ¿Por qué se habían puesto así? Para él era un misterio total. Pero desde hacía 1.356 años había renunciado a entender a las mujeres, aunque se tratara de sus propias hijas. Y que tuvieran doce años no hacía las cosas más fáciles.

Al llegar a casa, Silvania y Daka fueron deprisa a su habitación.

—¿Por qué tenía que morder al padre de Helene? —preguntó Daka.

—Seguro que ahora Helene no volverá a hablarnos —comentó Silvania.

Daka se quedó mirando fijamente hacia delante.

—Ya puedo olvidarme de que se pase mañana por aquí para jugar con *Karlheinz*.

—Seguro que tampoco quiere ir al cine.

—Un poco más y nos hubieramos convertido en buenas amigas —Daka señaló con el pulgar y el índice lo cerca que había estado de conseguirlo. El tamaño del grosor de un sello.

—Yo sí que estuve cerca —Silvania suspiró—. Pero un padre mordedor es un freno total para las amistades.

—*Fumpfs*.

—Y que lo digas.

—¿Y ahora qué? —preguntó Daka.

—En momentos como éste, sólo queda una cosa.

Las chicas se pusieron de pie inmediatamente, como si recibieran una orden. Silvania sacó el chelo de su estuche y Daka agarró los palillos y se sentó detrás de su batería. Chocó un palillo contra el otro y gritó:

—*¡Onu, zoi, trosch!* —después golpeó con toda su fuerza sobre los tambores.

Los brazos de Daka zumbaban sobre la batería como las aspas de un molino de viento en la tormenta.

—¡*YEAH, YEAH, YEAH!* —gritaba como una loca al mismo tiempo.

Silvania pasaba el arco sobre su chelo moviendo la cabeza hacia delante y hacia atrás, como si estuviera recibiendo una descarga eléctrica. Se rompieron un par de cuerdas pero Silvania ni lo notó. Había cerrado los ojos y apretaba los labios por el esfuerzo.

Las gemelas no formaban tanto escándalo para fastidiar a su padre, que dormía en el sótano. Y aunque quisiesen hacerlo, no podrían despertarlo. El ataúd del señor Tepes estaba muy bien aislado. Además, tenía un sueño profundísimo, sobre todo de día. Silvania y Daka tocaban sólo para ellas (probablemente a nadie más le hubiera apetecido oír aquella «música». Excepto a *Karlheinz*).

Su antiguo profesor de música de Mordiscien lo habría llamado improvisación libre. Daka lo denominaba *jam session* de furia radical. No era buena para los oídos, pero sí para el estómago. Sobre todo, cuando se tenía un montón de furia y de pena que se hacía necesario expulsar. Mientras Silvania pisaba firme el suelo con las dos piernas, Daka se elevaba una y otra vez en el aire con rápidos *looping*.

—¡*BOI, BOI, BOI!* —gritaba, y hacía chocar entre sí los palillos en el aire.

Daka y Silvania pensaban que estaban tocando sólo para ellas. No tenían forma alguna de saber que su madre había dejado abierta la puerta de casa antes de ir a la ciudad con veinte asientos de váter. Tampoco sabían que los redobles de su batería y las vibraciones del chelo serpenteaban por la calle Lindenweg como una nube de contaminación acústica. Donde alcanzaban un punto altísimo de nitidez era en la casa vecina, en el número 21 de la calle. Las gemelas ignoraban que Dirk van Kombast estaba en su terraza mirando de reojo la puerta abierta de la terraza de los Tepes. Y tampoco podían saber lo que se le pasaba por la cabeza. Ni el mismo Dirk van Kombast lo sabía a veces.

20

INFERNAL RUIDO DE MONOS

Dirk van Kombast escuchaba, con la cabeza ligeramente inclinada, los sonidos convulsivos y distorsionados que venían de la casa de los Tepes. Nunca había oído algo parecido. Era casi como si unos monos rabiosos se desfogaran dentro del foso de una orquesta. Dirk van Kombast se metió el dedo índice en la oreja y lo agitó, pero la cosa no mejoró. Sacudió la cabeza como si tuviera agua en los oídos. Tampoco funcionó. Aquel infernal ruido de monos continuaba.

Había estado observando durante toda la noche el número 23.

El sujeto E.T. había abandonado la casa hacía una hora con (Dirk van Kombast no estaba seguro, pero eso parecía) unas veinte tapas de váter. Los sujetos M.T., S.T. y D.T. habían llegado hacía media hora en un coche prehistórico. Desaparecieron dentro sin terciar palabra. Después estalló el estruendo.

Dirk van Kombast se asomó al porche vecino y susurró mentalmente:

—Mami, si pudieras oír esto, te volverías loca... si no lo estuvieras ya —entre los redobles de la batería una voz aguda gritaba algo como *«Hoi»* o *«Boi»*.

¿Qué significaba aquello? Dirk van Kombast decidió averiguarlo.

Se deslizó hasta la casa de los Tepes con sus blandas zapatillas caseras azul celeste. La puerta de cristal del comedor estaba abierta. El señor Van Kombast dio unos golpecitos en el marco de madera.

—¿Hola? ¿Hay alguien en casa? —preguntó.

Después metió la cabeza en el comedor y miró alrededor. La habitación estaba desierta. Dirk van Kombast se deslizó por la puerta y entró. Estaba casi decepcionado. El cuarto tenía un aspecto normal. Los muebles eran antiguos, una enorme araña colgaba del techo, la alfombra era clara y mullida y delante del sofá había una bandeja con arena para gatos. La arena tenía un aspecto sospechosamente oscuro.

Dirk van Kombast se deslizó pasillo adelante en silencio gracias a sus zapatillas caseras. El ruido venía de arriba, pero lanzó un rápido vistazo a la cocina.

Nunca se podía estar suficientemente seguro con vecinos que regalaban aguardiente con orugas dentro. La cocina tenía un aspecto caótico, pero, por lo demás, Dirk van Kombast no descubrió nada raro.

Subió las escaleras de madera lentamente. La puerta de la habitación de la que provenía el estruendo estaba entreabierta. El señor Van Kombast vaciló. El ruido era tan agudo, distorsionado y ensordecedor que por un momento pensó en volver a bajar corriendo las escaleras y regresar a la parcela número 21. Podría pasar una tarde agradable con una revista de navegación a vela y un refresco. Podría llamar al doctor Bohne, el médico otorrinolaringólogo, y quedar con él para jugar al squash. Podría volver a afeitarse los pelos de la nariz, darse un baño con extracto de vainilla al *bourbon* o limarse los callos de los pies. Las posibilidades eran variadas y tentadoras.

Miró hacia la puerta entornada. Después volvió a mirar hacia las escaleras y sacudió la cabeza.

—Lo hago por ti, mami —murmuró.

Llegó a la puerta. La empujó un poco con cuidado y atisbó dentro de la habitación. Lo que vio hizo temblar los pelos de su nariz y lo dejó con la boca abierta.

Silvania Tepes, la niña con la falda y el sombrero anticuados, estaba doblada como un neandertal sobre un chelo y lo machacaba con el arco como si quisiera serrarlo. Al principio, Dirk van Kombast no reconoció a Dakaria Tepes. Sólo vio un palillo sobre el que se movía en el aire una bola negra con pinchos.

—*¡YEAH, YEAH, YEAH!* —gritaba la bola con pinchos, golpeando dos palillos de batería.

Dirk van Kombast consiguió reconocerla cuando Daka volvió a aterrizar sobre la banqueta después de un *looping* con un fuerte «¡BUUUM!» Se quedó mirándola con la boca abierta pero de ella no salió ningún sonido.

No importaba. De todas formas Silvania y Daka no lo hubieran oído. Estaban en medio de su *jam session* de furia radical. Sólo cuando Silvania echó la cabeza hacia atrás y el sombrero salió volando hacia el suelo, descubrió al vecino. Estaba de pie en la puerta de la habitación como una figura de cera del Museo de Madame Tussaud. Del susto, Silvania dejó caer el arco del chelo. Su instrumento enmudeció.

Daka había cerrado los ojos y golpeaba los platillos con todas sus fuerzas.

—*¡Onu, zoi, trosch, boi schlappo noku, mosch, BOI, BOI, BOI!* —gritaba la exaltada batería.

Silvania miró de reojo a su hermana y carraspeó. Pero bajo el estruendo de la batería, el carraspeo era como el chillido de un ratón en medio del rugido de una fiera. Antes de que Daka tomara impulso para el siguiente *looping,* Silvania agarró su zapato y se lo lanzó a su gemela a la cabeza.

Daka interrumpió el *jam session de furia radical.*

—¡Eh! Nada de violencia. ¡*Peace*, hermana!

Silvania señaló con la mirada hacia la puerta.

—¿Eh? —Daka se restregó la cabeza.

Silvania esbozó una sonrisa y se dirigió hacia la figura de cera. El señor Van Kombast seguía siendo atractivo incluso con la boca abierta y la mirada perpleja.

—Buenos días, señor Van Kombast.

Daka miró por fin hacia la puerta.

—Oh, hola.

Daka olfateó ruidosamente. Apestaba a ajo.

—Espero que nuestra música... ¿no le habrá molestado? —preguntó Silvania.

El señor Van Kombast permaneció rígido como un palo. Sólo se movían sus ojos, que iban de una gemela a otra. Levantó despacio la mano y señaló a Daka.

—¡Tú! —tomó tres respiraciones profundas—. ¡Estabas volando!

Daka miró a su alrededor para ver a quién se refería Dirk van Kombast.

—¿Quién? ¿Yo? —Después soltó una carcajada y Silvania se unió a ella. Las chicas esperaban que un hombre que exhibía siempre una sonrisa falsa no notara lo artificiales que sonaban sus risas.

Lo de que el señor Van Kombast llevaba siempre una sonrisa perfecta no era cierto. Había excepciones. Como ahora. Su boca era una fina línea y el labio superior temblaba ligeramente. El dedo índice permanecía estirado hacia Daka.

—Lo he visto con mis propios ojos. Estabas volando.

—¿De verdad? —Daka frunció la frente y se encogió de hombros—. Bueno, si usted lo ha visto, será verdad, ¿no? ¿Y cómo volaba? ¿Como un abejorro, como un pterosaurio o como un pingüino?

Dirk van Kombast soltó un breve resoplido, como si fuera un toro en la plaza.

—Como una bola de fuego.

Daka enarcó las cejas.

—Interesante. ¿Has oído, Silvania?

Su hermana asintió con la cabeza.

—Una bola de fuego. No puedo imaginármelo. ¿Podría hacernos una demostración?

Van Kombast dirigió el dedo índice hacia Silvania.

—¡Vosotras dos! ¡Para tomarme el pelo tenéis que espabilar!

—Yo me espabilo hasta en medio de la noche, no hay problema —comentó Daka y bostezó.

El señor Van Kombast dirigía el dedo alternativamente de Silvania a Daka, como si fuera una pistola con la que quisiera mantenerlas a raya. Buscaba una explicación razonable, pero no se le ocurría ninguna. El problema era que el señor van Kombast no sabía nada de chicos. No le gustaban. No tenía ninguno ni quería tenerlos, pues le parecían imprevisibles. No se atenían a las reglas, hacían preguntas raras y en los momentos más inadecuados tenían que ir al cuarto de baño o comer algo. No sabía cómo controlarlos. Incluso le daban un poco de miedo.

—¿Nos enseña cómo se hace la bola de fuego? ¿Sólo un poquito? ¡Por favor! —Silvania sonreía como el día de su presentación en la clase.

Dirk van Kombast odiaba que no lo tomaran en serio. Tenía 38 años. Tenía un trabajo respetable. Conducía un coche deportivo plateado.

—¡Se acabó! —gritó—. No seáis descaradas o si no... si no...

—¿Si no, qué? —preguntó Elvira Tepes, que de repente estaba allí de pie, detrás del señor Van Kombast.

Éste se dio la vuelta y murmuró:

—Sujeto E.T.

—¿Cómo?

—Eh... —el señor Van Kombast carraspeó, irguió la espalda y... allí estaba su sonrisa perfecta.

—Muy buenos días, señora Tepes —miró al asiento de váter que la madre de las gemelas llevaba bajo el brazo.

Había pintado encima telas de araña y gusanos. Iba a ser una sorpresa para su marido. Esperaba lograr con ello que no saliera volando cada noche al bosque con el rollo de papel del váter.

—¿Puedo preguntar qué hace aquí?

Después de dirigirse al señor Van Kombast, Elvira Tepes lanzó una mirada inquieta a sus hijas.

—La puerta de la casa estaba abierta, y...

—¿Y se ha metido tan tranquilamente en mi casa?

—¡Claro! Cualquiera en mi lugar lo habría hecho.

—¿Quiere decir que usted va entrando en todas las casas en las que ve una puerta abierta?

—Sólo si hay algo sospechoso —el señor Van Kombast sonrió misteriosamente. Tenía todavía un as en la manga y estaba impaciente por sacarlo.

—Ah. Y nuestra casa le resulta sospechosa. ¿Por qué piensa eso?

—Por ese ensordecedor estrépito... y alguna otra cosa que resulta muy rara —Dirk van Kombast miró rápidamente a Daka.

—Puede hablar abiertamente y con tranquilidad. No tenemos ningún secreto —la señora Tepes estaba apostando alto y su voz parecía muy convincente.

Aunque pocas veces se le ocurrían las mejores mentiras, por suerte nunca se ponía roja cuando estaba nerviosa, mentía o se enfadaba. Sólo se le humedecían las manos. Mientras el asiento para el váter no se le resbalara de la mano, nadie lo notaría.

—Entonces seguro que tiene una explicación sobre su hija voladora.

La señora Tepes miró con gesto inexpresivo a las gemelas. Daka se encogió de hombros. Silvania miró hacia abajo y pellizcó una cuerda de su chelo.

—O... —Dirk van Kombast agarró con la mano derecha la bolsa de plástico que llevaba todo el tiempo en la mano izquierda—. ¡Sobre esto!

—¡AAAH! —la señora Tepes dio un brinco hacia atrás y dejó caer el asiento de váter.

Justo delante de su nariz se bamboleaba una enorme rata marrón. Era muy grande y estaba muy sucia. Y muy muerta. Tenía el pelaje manchado de sangre, y en el cuello se veían claramente dos agujeritos. Era un mordisco.

21
MI PEQUEÑA Y DULCE RATATOI

Mientras más alto brillaba el sol en el cielo, más profundo conseguía dormir Mihai Tepes. Pero esa tarde daba vueltas de un lado a otro dentro de su ataúd. Cada vez que estaba a punto de dormirse, aparecía en su mente la cara roja como un tomate de ese miserable *playboy,* casanova y rompecorazones. Si el señor Tepes se daba la vuelta hacia el otro lado, veía las caras tristes de sus hijas. Si se tumbaba boca arriba, veía la foto de su boda, que había pegado en la parte interior de la tapadera del ataúd. En la foto se veía a Elvira junto al traje del señor Tepes. Faltaban su cabeza y sus manos.

El señor Tepes no había aparecido en la boda sin cabeza y sin manos, ni había recortado o retocado la foto. Era una fotografía de boda normal, como tantas otras en Mordiscien, aunque era mucho más común ver retratos. Puesto que los vampiros no podían ser fotografiados con una cámara réflex, la mayoría de los matrimonios preferían posar para un pintor. (A no ser que sólo quisieran acordarse de los elegantes trajes de boda y no de la cara de su cónyuge).

Mihai Tepes acarició la cara de Elvira en la foto. Después suspiró. Finalmente empujó la tapadera del ataúd y se incorporó. Estaba limpiándose un par de granos de tierra del pantalón cuando oyó un grito. Reconoció la voz de su mujer de inmediato.

Un segundo después había saltado del ataúd y subía las escaleras a toda velocidad, pero sin hacer ruido. El señor Tepes olió al intruso antes de verlo o escucharlo. A través de la casa, desde la puerta de la terraza y hasta el piso superior, corría un molesto tufo a Gingsen-Pachuli y ajo.

A mitad de la escalera oyó que Dirk van Kombast decía:

—Esta rata la he encontrado en el porche de su casa, señora Tepes.

Mihai Tepes había alcanzado el escalón superior y vio cómo su mujer, pálida como un muerto, miraba fijamente la rata, que Dirk van Kombast sujetaba del rabo y balanceaba delante de sus ojos.

Antes de que Elvira pudiera replicar, Mihai Tepes se abalanzó sobre el señor Van Kombast. Dio una palmada con las manos y exclamó:

—*¡Ratatoi!* ¡Nuestra querida *Ratatoi!* ¿Qué le ha hecho, monstruo?

El señor Van Kombast, confundido, desvió su mirada de la rata hacia el señor Tepes.

—¿Cómo?

—¡Mi pobre mujer y mis hijas están conmocionadas! ¡Mire lo pálidas que se han puesto! ¡Nuestra pequeña y dulce *Ratatoi!* Había desaparecido hace días y menudo reencuentro.

Daka fue la primera en entender. Dejó caer los palillos, se puso las manos delante de la cara y empezó a gimotear:

—Yo la llevaba siempre en el hombro. Nunca le hizo daño a nadie.

Silvania sacó su pañuelo y berreó dando voces:

—Y yo la crié con el biberón y le cantaba nanas. Era el rayito de sol de la familia.

También la señora Tepes había salido ya de su estado de pánico.

—Una rata tan cariñosa como *Ratatoi* sólo hay una —dijo entre sollozos e hizo como si fuera a acariciar la rata muerta, pero en el último momento retiró la mano y rompió en lágrimas—. ¿Qué le ha hecho? ¡Asesino de animales! ¡Monstruo sin sentimientos!

Van Kombast había perdido su sonrisa y tenía la boca abierta. Miraba perplejo a los Tepes.

—Pero yo... yo... el cadáver...

Al oír esa palabra, rompieron a llorar al mismo tiempo la señora Tepes, Silvania y Daka. El señor Tepes echó hacia atrás su negra melena y sacó barbilla.

—¡Usted es un peligro público! ¡Un enfermo mental, un monstruo, tendría que estar en un psiquiátrico...!

—¿Un psiquiátrico? —a Dirk van Kombast le tembló el labio superior.

—Usted es un asesino de animales de la peor calaña —añadió el señor Tepes—. ¡Lo demandaré!

—Pero... no... la rata... la dulce *Ratatoi*... yo nunca la habría... —El señor Van Kombast dejó en el suelo la rata con suavidad sobre la bolsa de plástico. Después se pasó el dedo por dentro del cuello de la camisa para respirar mejor—. Yo, esto... creo que... ha sonado el teléfono de mi casa. Lo siento, tengo que irme. —Se abrió paso como pudo entre el señor y la señora Tepes y se fue hacia la escalera.

Mihai Tepes miró fijamente a los ojos del vecino, bajó la mirada y dijo lentamente:

—Tendrá noticias de mi abogado.

22

UN AMOR PLATATÓNICO

Daka rodó por el suelo agarrándose la barriga de la risa.

—¡El rayito de sol de la familia!

Silvania se agarró al chelo y soltó una carcajada.

—¡Nuestra pequeña y dulce *Ratatoi!*

El señor Tepes se pasó la mano por los bigotes, que con las risas se le habían enroscado aún más.

La señora Tepes observó la rata en el suelo y torció el gesto. Después miró a su marido.

—¿Cómo ha llegado esa rata a nuestra terraza?

—Eh, bueno, esto... tengo una explicación muy sencilla —empezó el señor Tepes, pero su mujer le cortó la palabra.

—Nada de cuentos. Quiero oír la verdad y ahora mismo.

—Bueno, en ese caso… Lástima, tenía una historia genial —Mihai Tepes vio la mirada seria de su mujer y continuó inmediatamente—. La verdad no es nada espectacular. Una noche estaba hambriento. A veces pasa. Y… bueno… también estaba un poco celoso. ¿Qué mejor remedio, pensé, que hacer una visita a tu encantador casero? Ya era hora de conocerlo, y de que él me conociera. Así que fui volando donde ese señor Steinbrück. Intenté romper el hielo con un mordisco amistoso, pero topé con su reposacabezas. Elvira, ¿lo oyes? ¡El tipo lleva un reposacabezas! ¡No es justo! Me quedé tan perplejo, que volví a levantar el vuelo rápidamente. Me quedé hambriento y además furioso, y como consuelo me di el gusto de una rata. Con ellas un vampiro sabe lo que hay. Las ratas, al menos bajo circunstancias normales, jamás llevan reposacabezas.

Elvira Tepes se quedó mirando a su marido.

—¿Has intentado morder a mi casero?

El señor Tepes se encogió de hombros.

—Ya lo he dicho, la cosa no trascendió.

Los ojos de Elvira Tepes estaban a punto de salírsele de las órbitas.

—¡Mihai! En este país no puedes andar volando de noche por ahí y morder a cualquiera.

—No le he mordido.

—¡Pero querías!

—¿Y qué otra cosa podía hacer?

Elvira Tepes miró confundida a su marido.

—¿Tal vez dejarlo en paz?

—Era él quien tenía que dejar en paz a mi mujer —replicó el señor Tepes cruzándose de brazos—. ¡Él ha empezado, no yo!

Silvania y Daka habían dejado de reírse y seguían la conversación con los ojos muy abiertos. No era la primera vez que el señor Tepes estaba celoso. Tampoco era la primera vez que hacía una visita nocturna aclaratoria a un admirador de Elvira. Y no era la primera vez que sus padres reñían por eso. Sin embargo, daban por descontado que harían las paces. A Silvania la conversación le parecía emocionante. No había nada más excitante que las pasiones ardientes, los celos y los dramas de amor. Tenía la cabeza apoyada sobre las manos y escuchaba con oído atento.

Daka, por el contrario, hubiera preferido taparse los oídos. El comportamiento de sus padres resultaba embarazoso. Al fin y al cabo eran *padres*. ¿Por qué se comportaban como adolescentes en una película romántica? Daka carraspeó.

—¿No podríais aclarar el resto en vuestro dormitorio?

El señor y la señora Tepes levantaron la mirada. Por lo visto habían olvidado dónde estaban.

—Oh, lo siento, claro que sí —se apresuró a decir la señora Tepes.

—Cerrad antes la puerta de la casa —gritó Daka.

—Y llevaos a *Ratatoi* —dijo Silvania.

Un par de segundos después, el señor Tepes, la señora Tepes y *Ratatoi* abandonaban la habitación.

Silvania suspiró y se dejó caer sobre su cama.

—¿No es una increíble muestra de amor romántico?

Daka se rascó la cabeza con uno de los palillos.

—¿Qué? ¿Que se hayan llevado a *Ratatoi*?

—¡*Gumox!* Me refiero al mordisco. Imagínate que tuvieras un amigo.

—Espera un momento —Daka levantó la mano—. ¿Te refieres a un novio de ésos, que te agarra con las manos húmedas, te quiere besuquear todo el rato y se pone bizco con el rollo amoroso? ¡Olvídalo!

—Sólo imagínatelo. No tenéis que agarraros ni besuquearos. Tenéis una relación platónica.

—¿Qué tiene que ver eso con los plátanos? De verdad que dices unas cosas tan raras…

Silvania puso los ojos en blanco.

—No. El amor platónico es amor sin contacto físico. Se trata más de una especie de vínculo espiritual.

Daka reflexionó un momento.

—Vale. Eso tal vez pueda imaginármelo. Así que tengo un novio *platatónico*. ¿Y qué?

—Imagínate que tu novio te quiere tanto que está muy celoso de los otros chicos y...

—¿Qué otros chicos?

—Pues los demás. Sobre todo de aquellos a los que les gustas. Y si se te acercan demasiado, «¡zas!», ¡tu amigo va y muerde!

Daka chasqueó la lengua.

—Genial.

Silvania asintió. Las chicas se quedaron absortas en sus pensamientos. Silvania vio ante sí a un joven alto y de cabello rubio oscuro (se parecía, casualmente, al chaval con el que se había encontrado en las escaleras mecánicas). Estaba bajo un sauce llorón junto a un lago, a la luz de la luna llena, y le confesaba su amor, sus celos y lo del mordisco.

Daka imaginó a un joven vampiro de cabello negro (se parecía al cantante de los Krypton Krax). Dramatizó en su cabeza, con todo lujo de detalles, la acción provocada por los celos. Su joven novio *platatónico* se deslizaba por detrás del otro joven, abría la boca y clavaba sus inmaculados colmillos en el pálido cuello del chico. «¡Plasch!».

Silvania fue la primera en reaccionar.

—El rollo es que ya no estamos en Mordiscien, sino en Bindburg. Creo que aquí no es normal que un hombre muerda a otro por celos.

—Y más rollo todavía es que papá haya mordido justo al padre de Helene. O que lo haya intentado.

Silvania asintió con tristeza. Ya se podía olvidar de toda esa historia de ser su mejor amiga. De repente, se acordó de algo.

—Por cierto, antes vi una cosa extraña. Cuando Helene se montó en el coche, colgaba una cadena del bolsillo de su pantalón. Era de oro —Silvania miró de reojo a su hermana y esperó.

—¿Crees que... era tu cadena?

—No sé. Quizá. Pero hay muchas cadenas de oro.

—¿Por qué iba a tener Helene tu cadena si sabe que la estás buscando?

—Lo mismo me pregunto yo. Digamos que se la encontró. Entonces me la habría devuelto.

—Seguro que te has equivocado. ¡Era otra cadena, fijo! —opinó Daka.

Silvania asintió enérgicamente con la cabeza.

—Es verdad, no puede ser mi cadena.

23

PESADILLA EN LA CALLE LINDENWEG

Esa noche Mihai Tepes hizo algo totalmente extraordinario. Durmió. Al menos lo intentó. Lo hizo por amor a su mujer. Tal como Silvania y Daka habían previsto, sus padres hicieron las paces. Elvira perdonó el mordisco a Mihai y le regaló el asiento de váter con los gusanos pintados. El señor Tepes había reconocido que sus celos tal vez fuesen un poco exagerados. Quiso ir volando esa misma noche donde el señor Steinbrück para disculparse, pero su mujer no lo consideró buena idea. Ya se encargaría ella de hablar con su casero. Aún no sabía lo que le diría. Probablemente declararía que su esposo sufría de una extraña enfermedad: celos extremos asociados a impulsos nocturnos de morder. Una rarísima enfermedad que ni siquiera había sido investigada. En ese asunto, la medicina estaba aún en pañales.

Para celebrar la reconciliación, Mihai había abandonado su ataúd en el sótano. Ahora estaba acostado en la cama de su mujer, que para su gusto resultaba demasiado blanda. Olía a detergente en vez de a tierra húmeda, no tenía tapadera y Mihai tenía la sensación de perderse hundido en aquel colchón. Pero no se quejó. Se acurrucó junto a su mujer y metió la nariz en su rizado pelo rojo, que olía a flores de aciano y a pistacho. Respiró profundamente, cerró los ojos y soñó con cosas bonitas. Soñó con los tupidos bosques de su tierra, con los ojos color azul noche de su esposa, con los largos vuelos junto a sus hijas y con que al señor Steinbrück se le caía el resto del pelo.

Elvira Tepes dormía con un sueño profundo, pero tenía muy bien agarrada la mano de su marido, por si acaso.

En el número 21 de la calle Lindenweg, Dirk van Kombast daba vueltas en su cama de agua. Soñaba que estaba desnudo en lo alto de la torre de una iglesia. A su alrededor volaban cuatro ratas con capas negras. Tenían narices puntiagudas y barbas, pero por lo demás sus caras eran idénticas las de Mihai, Elvira, Dakaria y Silvania Tepes. Las ratas se reían diabólicamente y brindaban con botellas de aguardiente, dentro de las cuales nadaban gusanos. Las ratas Tepes lo olisqueaban, acercándose cada vez más.

Dirk van Kombast no sabía qué hacer: tenía que tocar las campanas de la iglesia y pedir ayuda. Intentó alcanzar una de ellas con un pie. Las ratas se reían más fuerte, emitiendo chillidos de placer. Dirk van Kombast se armó de todas sus fuerzas y pisó una campana. Inmediatamente resonó un ruido atronador. Pero no venía de la campana de la torre de la iglesia. El ruido infernal procedía de una batería y de un chelo. Dirk van Kombast se tapó las orejas de forma automática. Nada más abandonar la torre de la iglesia, empezó a caer. Y caer, y caer... y caer.

Salió del sueño de golpe. Se arrancó de la cara el antifaz antiluz. Tenía la frente húmeda por el sudor y la boca seca, como si estuviera en medio de una travesía por el desierto. Tanteó buscando el vaso de agua de la mesilla. Bebió con avidez y lo vació de tres tragos. Después se levantó, se calzó sus zapatillas de peluche y se dirigió a la ventana. Con un dedo apartó hacia un lado la cortina y escudriñó la noche. La casa de al lado estaba envuelta en una oscuridad total, como si allí viviera gente normal y pacífica. Pero Dirk van Kombast sabía que no era así. Aún no tenía pruebas, pero las encontraría.

Cogió una cápsula de ajo, besó la foto de su madre y volvió a la cama.

Unos cinco kilómetros al sur, en el centro de la ciudad, Peter Steinbrück probaba el asentamiento del reposacabezas. Había enrollado por debajo una toalla gruesa y por fuera había encajado un molde redondo para el horno. El señor Steinbrück quería ir sobre seguro. Desde que sabía que ese perturbado de los mordiscos existía de verdad, y que incluso sus hijas iban con la suya al instituto, no quería dejar nada al azar. Para su gran preocupación, Helene se había negado a colocarse otro reposacabezas. Se había mostrado poco comunicativa, pero le aseguró que no volvería a tener contacto con el hombre del mordisco y las dos chicas. Aquellas niñas le resultaban familiares al señor Steinbrück. ¿Eran pacientes suyas? ¿Las había visto alguna vez en el instituto? ¿O las confundía con alguien?

El señor Steinbrück yacía boca arriba, bien estirado y miraba fijamente hacia el techo. Ya se acordaría. Si no era esa noche, sería mañana. Se giró y se colocó de lado. El reposacabezas crujió. Después, el señor Steinbrück se durmió. Fue una noche sin sueños ni mordiscos.

Helene Steinbrück estaba acostada en su cama japonesa, soñando con un chico delgado y alto con una larga melena negra. Tenía ojos rojos como rubíes y un lunar. El chico la agarraba por los hombros; sus manos eran blancas como la nieve. Después la mordía en el cuello. Era un hermoso sueño.

Daka golpeó con el pie la estructura metálica de su ataúd hamaca. Los muelles rechinaron ligeramente. Silvania se dio la vuelta colocándose sobre la barriga y apoyó la barbilla en las manos. Mordió un trozo de salchicha que había cogido de la cocina clandestinamente.

—Preferiría no ir mañana al colegio —murmuró.

—Para ser sincera, eso pienso yo todas las noches —contestó Daka.

—Si tuviéramos amigos en clase, como en Mordiscien, sería distinto.

—Puede ser. Así podríamos invitar a los amigos a casa y no tendríamos que ir al colegio.

Silvania resopló.

—Nadie quiere venir a nuestra casa. Y por supuesto, ahora menos.

Por un momento reinó el silencio en la habitación de las gemelas.

—De todas formas no estamos solas —dijo por fin Daka en voz baja—. Nos tenemos la una a la otra.

Silvania sonrió, pero sus ojos estaban tristes. Se giró hacia la pared y susurró:

—*Boi noap*, Daka.

—*Boi noap*, Silvania.

A más de 8.000 kilómetros de Alemania, la abuela Zezci se dejaba enterrar por Juan en la arena blanca mientras Bob le mezclaba un refrescante Bloody Larry. En Jamaica brillaba el sol de la tarde sobre el mar. La abuela era ajena a las preocupaciones nocturnas de las gemelas en el barrio residencial de adosados de Bindburg.

24

EL RESTABLECIMIENTO DEL SEÑOR SCHENKEL

Armin Schenkel había pasado los últimos días en el sofá del salón de la casa número 24. De la gripe sólo quedaban una ligera irritación de garganta y una mancha roja debajo de la nariz. Por fin se sentía restablecido. Ayer y anteayer incluso había trabajado con el ordenador portátil desde casa. Si no lo hacía, su empresa corría el riesgo de hundirse en el caos total. Y la casa también; de puro aburrimiento empezó a ordenar armarios y recolocar muebles.

Su mujer Janina se alegró mucho con lo del ordenador portátil. Y su hijo Linus también. Cuando su padre se lo permitía, le escribía largas cartas a una velocidad vertiginosa y con el sistema de los diez dedos: «hsfñakfeeekfjklafjfkjfjdlkjfsldjfdslñkjlakjhfj hsfdksjhfkjsd j fhsjdfsdfkdsfk adfhahfdhfafhaf».

Sus padres estaban orgullosos.

Pero hoy, pensó Armin Schenkel, no habría más sofá. Tenía que ir a la oficina. Lo esperaban sus compañeros de trabajo, las obligaciones, los deberes y el café de filtro de la señora Reiter.

Estaba metiendo su portátil dentro del maletín cuando se abrió la puerta de la casa de enfrente, el número 23. Se quedó pasmado tan pronto vio a las chicas salir por la puerta. Por un momento pensó que iban a un baile de disfraces, pero no era ni la estación del año ni la hora adecuada para ello.

La chica del pelo de pinchos de color negro azabache y las grandes gafas de sol bajó saltando las escaleras. Vestía una camiseta negra que le llegaba a los muslos y en la que brillaba una calavera plateada con una corona y alas. El resto de las piernas iba cubierto con unas medias negras que formaban un dibujo como el de una tela de araña. Las pesadas botas plateadas con cordones parecían, por lo menos, tres números más grandes.

La otra chica llevaba una especie de sombrero hongo. Por los lados le brotaban largos mechones rojizos hasta los hombros. Llevaba un vestido rojo sencillo y unos guantes negros sin dedos hasta el codo. Las puntas de sus botines marrones se curvaban hacia arriba como ganchos.

La chica del sombrero hongo seguía a la otra chica por la acera. De repente se precipitó sobre la calle una paloma que llegó desde el tejado de un adosado. Armin Schenkel sólo la vio por el rabillo del ojo. Su mirada estaba clavada en las niñas. Lo que pasaba con ellas era mucho más interesante. La que traía las medias de araña intentaba saltar en los brazos de su hermana, mientras que la del sombrero hongo intentaba al mismo tiempo esconderse detrás de la otra. Parecía un intento mal logrado de bailar algún extraño tipo de *rock and roll*. De repente, las chicas se separaron y... DESAPARECIERON.

Habían desaparecido. A Armin Schenkel le pareció como si la puerta de la casa hubiera vibrado, pero no estaba seguro. Pegó la nariz al cristal de la ventana y se quedó mirando fijamente la acera desierta. La paloma picoteó un par de migas y regresó volando a los tejados.

El señor Schenkel se frotó los ojos. Suspiró. Se tocó la frente para saber si tenía la temperatura alta y miró de reojo preocupado hacia el sofá. Después agarró la cremallera del maletín del portátil con manos temblorosas. Iba a sacar su portátil cuando la puerta del número 23 volvió a abrirse. Aparecieron las cabezas de las dos niñas, que otearon la acera. Las gemelas bajaron las escaleras despacio. Iban agarradas de la mano y miraban cada dos segundos hacia el cielo. Por fin, se marcharon aprisa por la acera.

Armin Schenkel no despegaba el ojo de las hijas de los vecinos y contenía la respiración mientras las miraba. Las siguió atento hasta que doblaron por la esquina al final de la calle Lindenweg. No habían volado ni habían desaparecido de repente. Simplemente se fueron caminando, tan normales. Dos niñas totalmente normales de camino al colegio.

Armin Schenkel soltó el aire. Cerró el maletín del portátil y cogió su chaqueta y las llaves del coche.

Ya estaba preparado para ir la oficina.

25

UN PASE DE MELÓN

Daka y Silvania Tepes se habían convertido en un par de días en unas viajeras profesionales del tranvía. Daka surfeaba en la parte móvil central de la línea 14, alegrándose con cada curva. Silvania leía una novela suspirando una y otra vez. Cuando el ya familiar susurro de una mujer anunció: «Próxima parada: Ringelnatzstrasse». Silvania apretó el botón de parada sin siquiera levantar la vista del libro. Sólo cuando bajaron del tranvía y atravesaron el carril de bicis, metió el volumen en su bolso.

—¿Te has dado cuenta de que el coche deportivo del señor Kombast no estaba hoy por la mañana delante de su casa? —preguntó Daka, mientras continuaban por la calle Ringelnatzstrasse en dirección al instituto.

Silvania se encogió de hombros.

—A lo mejor, para variar, tiene que trabajar, en vez de recoger ratas muertas de la terraza de sus vecinos y hacerles una visita sorpresa con ellas.

—Yo ya lo dije, hay algo raro en ese tío.

—¡Qué va! Seguro que se aburre solo en casa y busca contacto.

—¿Eso crees?

—Pues claro. Los hombres no saben mostrar eso tan abiertamente y se comportan de forma rara —explicó Silvania.

—¿Y por qué busca contacto con nosotros?

Silvania se puso un mechón detrás de la oreja.

—Pues porque le caemos bien.

Daka dejó salir un resoplido.

—Te has dejado engatusar por sus rizos rubios y sus ojos de gato. Eso es todo. Si quieres saber mi opinión, ese señor van Kombast apesta. Y no sólo a ajo. Huele a problemas.

Silvania puso los ojos en blanco.

—Ya estás montándote otra película de miedo y viendo fantasmas por todas partes. Dirk van Kombast es un simpático vecino completamente normal. Y además, atractivo. Estaba tan mono allí de pie en la habitación, tan perdido con sus zapatillas azul celeste y con *Ratatoi* en la mano.

Ahora fue Daka la que puso los ojos en blanco.

—Sí, tan mono como un pepinillo en vinagre. Con tu gusto para los hombres, tiemblo pensando en mi futuro cuñado.

De pronto Silvania se detuvo.

—¡Mira! ¿Ésa de ahí delante no es Helene?

Un par de metros delante de ellas iba una chica con el pelo largo y rubio. Miró un momento hacia la derecha y Daka y Silvania reconocieron su cara.

—Claro que es ella —dijo Daka, y gritó fuerte—: ¡HELENE!

Silvania se unió al grito.

—¡¡¡H-E-L-E-N-E!!! —gritaron juntas y a todo pulmón las dos chicas.

Pero Helene continuó su camino sin darse la vuelta. Silvania la llamó más veces y Daka silbó, haciendo que los demás viandantes se giraran. Todos, menos Helene.

—¿Qué le pasa? ¿Está sorda? —se asombró Daka.

—Creo que no quiere oírnos —opinó Silvania—. Está claro, después de lo que pasó ayer con su padre.

—A lo mejor su padre le ha prohibido hablar con nosotras.

—Puede ser. De cualquier modo no quiere nada con nosotras. Eso es evidente —dijo Silvania.

Habían llegado al parquecillo que lindaba directamente con el instituto. Allí había tres grandes árboles, dos bancos y una pequeña fuente, que estaba seca desde hacía años. Un seto y una verja separaban el parque del instituto. En el lugar solían reunirse los cursos superiores antes de clase para cotorrear, fumar, estar allí parado y no llegar demasiado pronto al colegio. Cada grupito tenía su lugar de costumbre. En el gran roble estaban las chicas de Primero de Bachillerato, dándole a las teclas del móvil. En el banco junto

a la fuente había dos parejas sentadas y con los labios pegados. Junto al seto que daba al instituto permanecían de pie Missy Master, Killa K. y B.H.

Los tres eran famosos en todo el instituto. Y quien los conocía, les temía. Ya fueran alumnos, profesores o señoras de la limpieza, todos preferían evitar al Trío Terror. Los alumnos les tenían miedo, los profesores querían velar por sus nervios y las señoras de la limpieza querían salir puntualmente del trabajo.

¿Por qué eran tan terribles? Eran tres alumnos del cuarto curso: Saskia Meister, apodado Missy Master; Kai Kronert, apodado Killa K., y Benny Hartwig, apodado B.H. No les gustaba estudiar, les encantaba hacer cosas prohibidas y nunca hacían lo que se les decía. Pero tampoco les gustaba irse a casa, no les interesaba nada y pensaban que no tenían nada que perder. Por eso creían que daba lo mismo lo que hicieran. Y casi siempre estaban haciendo tonterías.

El Trío Terror había ocupado una zona triangular sobre la hierba delante del seto, y se lanzaban entre ellos un melón.

—¡Venga, B.H., pásalo! —gritó Killa K.

B.H. tomó impulso y lanzó el melón con todas sus fuerzas hacia Killa K. Éste se puso en cuclillas, lo atrapó con las dos manos y lanzó el melón a Missy Master, que sólo necesitó de una mano para agarrarlo y lanzarlo después un par de veces hacia arriba.

—Esto es muy aburrido —opinó Missy Master—. Necesitamos nuevos jugadores.

Hizo una impresionante pompa con el chicle y miró alrededor. Descubrió a la víctima perfecta.

—Mirad, la pequeña Steinbrück. Vamos a ver si es tan hábil como guapa. —Missy Master levantó el melón y se preparó para el lanzamiento—. ¡Eh, Helene, ahí va algo para ti!

«¡Fiuuu!». El melón planeó por los aires.

Daka y Silvania habían oído a Missy Master y miraron con la boca abierta el melón, que iba tambaleándose como un balón amarillo de rugby bajo el cielo azul de otoño.

—¡Cuidado, melón volador! —gritó B.H. y soltó una carcajada.

Pero Helene no reaccionó. Se había quedado parada y buscaba algo en su mochila. El melón iba directo a su cabeza. En menos de tres segundos le daría a Helene con toda su fuerza.

—*¡Schlotz zoppo!* —exclamó Silvania.

—¡Ay, mierda! —gruñó Missy Master.

—Flipante. Habrá papilla —mascullló Killa K.

—¡¡¡H-E-L-E-E-N-E!!! —gritó Daka.

Helene continuaba rebuscando dentro de la maleta.

Sin pensárselo demasiado, Daka y Silvania decidieron romper la regla radical número seis. Con una velocidad sobrenatural, flopearon un par de metros hasta llegar a Helene.

«¡Flops!». Ya habían pasado de un sitio a otro.

«¡Zas!». Daka atrapó el melón.

A Missy Master se le cayó el chicle de la boca.

—¿Quién... cómo... de dónde han salido ésas? —preguntó B.H.

Killa K. miró fijamente a Silvania y a Daka, y se sorbió los mocos con un ruido profundo.

—Flipante —dijo.

Daka se giró hacia Missy Master, B.H. y Killa K.

—¿Es vuestro esto? —Puso el melón en alto.

Killa K. asintió con la cabeza.

—¡Cogedlo! —Daka tomó impulso y lanzó el melón al aire.

La fruta salió disparada como un cohete por el cielo azul. Missy Master, B.H. y Killa K. echaron la cabeza hacia atrás y siguieron el melón con la boca abierta. El melón voló, haciendo un amplio arco por encima del parquecillo. Aterrizase donde aterrizase, sería en otro huso horario. Incluso puede que en otro planeta. El Trío Terror estaba seguro de ello.

26

UN MINIPLÁTANO EN LA OREJA

Daka había atrapado el melón a un centímetro de la cabeza de Helene. La había salvado por un pelo.

—¿Qué ha sido eso? —preguntó Helene, que en el último momento había dejado de rebuscar en su maleta y miraba a Daka y a Silvania con los ojos abiertos de par en par.

—Un melón —dijo Silvania.

—¿QUÉ? ¿Un cañón? —preguntó Helene.

—No, un melón. Ya sabes, esa fruta dura que se come, de color verde por fuera y amarillo por dentro —explicó Daka.

Silvania dio un golpe en un costado a su hermana y siseó:

—Seguro que Helene ya sabe lo que es un melón.

Helene escuchó con la frente fruncida mirando de una hermana a la otra.

—Mmm... gracias de todas formas. Ha sido GENIAL. ¡UN MILLÓN DE GRACIAS!

—No hay problema —dijo Silvania sonriendo.

—De verdad, ha sido increíble. ¡EN SERIO, MUCHAS GRACIAS!

—Está bien. No hace falta que grites —contestó Daka—. Si hubiéramos llegado un segundo más tarde, tu cabeza sería papilla. ¿No oíste a los tíos ésos al otro lado del parque?

Helene miraba desesperada los labios de Daka.

—Sí, claro... todos los perros tendrían que ir con correa por el parque —respondió por fin.

Las gemelas la miraron con gesto interrogativo.

—Y también utilizar orinal. Sobre todo si han comido melón y no sueltan por atrás más que papilla.

Daka miró a Helene sin comprender.

—¿Te sientes mal? —le preguntó Silvania, tocándola en el brazo.

—Probablemente está conmocionada por el susto —opinó Daka.

—Hummm, no tengo ni idea dónde comprar un arbusto —respondió Helene. Tenía las mejillas rojas como un tomate y se rascaba nerviosa el brazo.

Daka y Silvania intercambiaron miradas.

—Creo que tenemos que tratarla con mucha delicadeza —susurró Silvania.

—¿Cuál es tu nombre? —preguntó Daka.

Helene frunció la frente.

—¿Qué hombre?

Silvania se inclinó hacia delante y preguntó muy despacio:

—¿Cuántos... años... tienes?

—¡Doce, ya lo sabéis!

Daka y Silvania se miraron asombradas.

—A lo mejor ya se le ha pasado la impresión por lo del melón —dijo Daka encogiéndose de hombros.

—¿Queréis ir a comprar un arbusto? —preguntó Helene.

—No, aún no —susurró Silvania a su hermana.

Daka perdió la paciencia. Ya lo habían intentado con delicadeza, ahora era imprescindible la variante radical. En eso era muy competente. Agarró por los hombros a la aturdida Helene y la zarandeó.

—¿QUÉ TE PASA? —gritó.

—¡NADA! —contestó Helene.

—¡ALGO TE PASA! —gritó Daka.

—¡NO! —gritó Helene.

—¡DILO!

—¡JAMÁS!

—¡AHORA MISMO! —exigió Daka.

—¡DEJA DE ZARANDEARME!

—¡PUES DILO!

—¡NO!

—¡SÍ!

—A LO MEJOR.

—SEGURO.

—BUENO.

—HECHO —Daka soltó a Helene.

Silvania obsevó a su hermana y sacudió la cabeza. Daka se encogió de hombros. Helene miró la punta de sus pies. Contempló pensativa a las hermanas, respiró profundamente y volvió a rebuscar dentro de su mochila. Daka y Silvania alargaron el cuello, como si quisieran mirar dentro del saco de Papá Noel.

Helene se detuvo. Al parecer, había encontrado lo que estaba buscando. Con un movimiento rápido sacó la mano de la maleta.

—Esto es lo que me pasa —dijo en voz baja, y puso delante de las narices de las gemelas un pequeño objeto de plástico de color amarillo y blanco.

Parecía la mitad de un miniplátano.

Helene se insertó el miniplátano dentro de la oreja con habilidad.

—Con esto puedo oír.

Daka y Silvania tardaron un rato en entender.

—¿El miniplátano es un audífono? —preguntó Daka.

Helene asintió. Se pasó la mano por el brazo, donde se veía el tatuaje descolorido de un esqueleto.

—¿Si no lo llevas... no puedes oír? —preguntó Silvania.

—Sí, sí puedo. Pero no tan bien. Tengo que leer los labios y en eso soy muy mala. Lo habéis notado, ¿verdad?

—Oh, apenas —dijo Daka reprimiendo una sonrisa.

—¿Por qué no nos has dicho que llevas un audífono? —preguntó Silvania.

—Es que no quería decíroslo. —Helene miró otra vez a la punta de sus pies.

—¿Por qué?

—Porque nadie lo sabe en el instituto. Excepto los profes; ellos sí están al corriente.

—¿Nadie sabe en clase que sin ese plátano auditivo eres medio sorda? —preguntó Daka, ganándose una mirada enfadada y un cachete de su hermana.

—No es peligroso —explicó Helene—. Casi siempre tengo el aparato en el oído. Y sin él tampoco soy sorda del todo.

—Pues no lo entiendo. ¿Por qué no se lo dices a los demás? —preguntó Daka.

—Bueno, pues porque... porque un audífono es lo menos guay que hay. ¿O no? —Helene se cubrió con el pelo la oreja en la que se había puesto el audífono y miró interrogativa a las hermanas.

—¿En serio? Ni idea —opinó Daka—. No conocía a nadie con un plátano auditivo. Eres la primera. Y eso, sin ninguna duda, te convierte en alguien especial. Eso sí que es guay.

—No sé... —Helene miró pensativa y triste al vacío—. La mayoría piensa que soy perfecta. Si se enteran de que necesito un audífono, ya no querrán nada conmigo.

—*¡Gumox!* Bah... bobadas —dijo Silvania—. Nosotras sí que queremos.

Helene sonrió. Pero de pronto su cara volvió a ponerse seria.

—¿Me prometéis no contarle a nadie lo de mi audífono?

—Claro, prometido —contestó Silvania.

—No te preocupes. Un audífono no es nada comparado con las cosas que nosotras tenemos que ocultar —dijo Daka.

Helene enarcó las cejas hasta arriba.

—Eh..., ¿cómo está el cuello de tu padre? —preguntó rápido Silvania.

En realidad no tenía la menor intención de recordar a Helene la escena del día anterior al terminar el colegio, pero con las prisas no se le había ocurrido otra cosa.

De repente Helene comenzó a reírse.

—La última noche durmió con un reposacabezas recubierto con un molde del horno.

—Oh, ¿y te parece... divertido? —preguntó Silvania frunciendo la frente, y contempló a Helene, que no paraba de reírse.

—Fue tan genial lo de ayer con vuestro padre... Me encantaría tener un padre tan majara que muerde a la gente —contestó Helene.

—¿Estás segura? —preguntó Daka.

—Te lo prestamos encantadas —propuso Silvania.

—Pero tendrás que irte de excursión con él y cantar *Transilvania, rodna inima moi* —indicó Daka.

—¿Transilvania qué? —Helene dio unos golpecitos en su audífono.

—Es sólo una vieja canción de nuestra tierra —explicó Silvania.

—¿Entonces no estás enfadada por lo de ayer? —preguntó Daka.

Helene negó sacudiendo la cabeza.

—¿Tu padre no te ha prohibido hablar con nosotras? —preguntó Silvania.

Helene negó sacudiendo la cabeza.

—¿Y podemos jugar juntas con *Karlheinz*?

Helene asintió.

—¿E ir al cine?

Helene asintió.

Silvania carraspeó.

—¿Y a lo mejor pronto ser las mejores amigas?

Helene miró con seriedad a las gemelas y balanceó la cabeza. Daka y Silvania tenían la sensación de que los segundos transcurrían como minutos.

—Además, tenemos que aclarar algo —dijo Helene sacando un objeto del bolsillo de su pantalón.

Era una cadena con un colgante ovalado y unos finos grabados antiguos.

27

¿ME LEES EL HORÓSCOPO?

Martin Graup estaba de buen humor. Eso pasaba raramente. Y más por la mañana, cuando todavía faltaban seis largas horas de clase. Se había puesto su nueva camisa gris con las costuras blancas, dejando abierto el último botón de arriba.

Era una maravillosa mañana de finales de verano. El señor Graup caminaba por la calle a paso rápido con su cartera debajo del brazo, respirando el prometedor aire matinal y pensando en Katrin Renneberg. Lo había decidido, hoy se lo preguntaría. No sabía exactamente cuál sería la pregunta, pero sería hoy. Tal vez si le gustaba el instituto. O si ya se había adaptado. O si quería que le llevase un café. O si le podía dar un par de consejos de experto sobre el instituto. A lo mejor, a lo largo de la conversación surgía la ocasión y la invitaba a salir el fin de semana. Tampoco sabía muy bien a qué invitarla. A un paseo, a ir al cine, o a ir a comer. Ya surgiría algo.

El señor Graup había oído en la radio, con mucha atención, todos los detalles de su horóscopo. Las estrellas eran propicias. Hoy algo venía a su encuentro desde un lugar extraño «Un día lleno de sorpresas, descubrimientos y encuentros», había profetizado el locutor y, además, había aconsejado «tomar ese encuentro como si se lo enviara el cielo».

Martin Graup, por supuesto, no creía en tales cosas. Los horóscopos eran para mujeres en la peluquería o para personas que vivían momentos desesperados. No pensaba hacer caso al hombre de la radio.

Iba recto por la plaza Körnerplatz, que quedaba a sólo tres bloques del Instituto Lessing. Echó un vistazo para revisar sus zapatos y se alegró al contemplar su brillo inmaculado. De pronto, oyó un extraño ruido que parecía acercarse. «Flop, flop, flop». Algo venía planeando por los aires. El señor Graup levantó la vista impulsivamente y en el último momento reconoció algo grande, redondo y amarillo que venía volando hacia su cabeza.

«BUUUM».

Después, todo fue oscuridad.

Un par de segundos más tarde el señor Graup volvió en sí. Estaba tendido sobre un seto de margaritas. Junto a su cabeza, justo delante de su nariz, había un melón. Martin Graup se incorporó. Le dolía la cabeza. Se tocó un chichón del tamaño de una nuez en el extremo superior de la frente. Su camisa estaba llena de tierra y de polen amarillo de margarita.

Delante de él había un hombre de pie, con una larga barba gris, un carrito de la compra y una botella de cerveza en la mano.

—Se lo ha enviado directamente el cielo —dijo, señalando al melón.

El señor Graup asintió vacilante. Después su cabeza empezó a martillearle. Se quedó unos instantes sentado en el seto de margaritas pensando sobre la vida, los horóscopos y los melones. Había dejado de pensar en Katrin Renneberg.

Cuando el señor Graup apareció poco después con el melón en la mano ante la señora Rosenstiel, la directora del instituto, y le explicó que el melón había caído directamente del cielo sobre su cabeza, la mujer lo miró preocupada y le concedió unos días de baja.

28

NORMALES, NORMALES… NO SOIS

Daka y Silvania se quedaron mirando la cadena que tenía Helene en la mano.

—¿De dónde la has sacado? —preguntó Silvania estirando la mano hacia el camafeo.

Así que había visto bien… Sintió cómo crecía dentro de ella la decepción. Jamás hubiera creído a Helene capaz de algo así.

Helene dejó resbalar la joya despacio en la mano de Silvania.

—De Rafael.

—¿Rafael Siegelmann? —preguntó Daka sorprendida.

—Justo. Me la regaló ayer. Dijo que la había conseguido en una tienda de antigüedades.

—¡Qué cara! —exclamó Silvania, pasando la mano sobre el colgante.

—¿Y cómo ha conseguido Rafael la cadena? —se extrañó Daka—. Está todo el día ocupado levantando el dedo, saludando a los profesores y escribiendo en la pizarra.

—Sí, él sí. Pero Lucas Glöckner tiene más tiempo libre —dijo Helene.

—¿Y qué tiene que ver Lucas con Rafael? —preguntó Silvania.

—Un montón. Desde que están en la misma clase trabajan como un equipo. Rafael se inventa todas las tonterías y Lucas las hace. Y la verdad es que Rafael es tan hábil que los profesores no se enteran. Incluso no se enteran ni con Lucas.

—¿Crees que Rafael ha incitado a Lucas para que robe mi cadena? —preguntó Silvania.

—No lo sé con certeza. A lo mejor la perdiste y ellos se la encontraron.

—Encontrarse algo y quedárselo es igual de malo que robar —opinó Daka.

Helene señaló el colgante.

—¿Qué hay dentro?

—Seguro que ya lo sabes —contestó Silvania.

—He visto lo que hay dentro del colgante, pero no sé lo que es. ¿Qué hacen ahí esos granitos de tierra y quién es la mujer del cuadro?

Silvania vaciló.

—Es la abuela Zezci —dijo en voz baja.

—¿Está muerta? —preguntó Helene subiendo las cejas.

—No. Está en Jamaica con Juan, Eddie, Bruce, Bounty, Bob y un Bloody Larry —contestó Silvania.

—¿Y qué pasa con los granitos de tierra?

—Mantienen vivos los colores del cuadro —dijo Daka—. Es un viejo truco que nos enseñó el pintor.

Helene miró a Daka con los ojos entrecerrados.

—¿En serio?

Silvania y Daka asintieron. De repente, Silvania se acordó de algo:

—¿Y por qué no me diste ayer la cadena? Sabías que la estaba buscando.

Helene miró brevemente al suelo.

—Bueno. Después de las clases todo fue mal. Además quería ver el colgante. Lo siento, tenía mucha curiosidad.

—¿Del colgante de Silvania? —preguntó Daka.

Helene asintió.

—Pensé que a lo mejor descubría vuestro secreto.

—Eh... ¿qué secreto? —preguntó Silvania.

—Nosotras no tenemos ningún secreto —afirmó Daka.

—¿Ah, no? Bueno, no sé lo que pasa con vosotras. Pero una cosa está clara: muy normales no sois.

Las gemelas se quedaron un momento sin habla. Nadie les había dicho nunca algo así. Pero sólo porque hasta ahora en Mordiscien siempre habían sido completamente normales.

—¿De dónde te sacas eso? —preguntó Daka.

—Bueno —comenzó Helene y levantó la mano para contar con los dedos las cosas sospechosas—. ¿Por qué sois tan pálidas como un muerto? ¿Por qué no os quitáis casi nunca las gafas de sol o el sombrero? Daka, ¿por qué te quedas dormida cabeza abajo en las barras asimétricas? Y tú, Silvania, ¿por qué te tambaleas en la barra de equilibrios? ¿Por qué decís cosas tan raras como *schlotz* o *fumpfs*? ¡Lo he comprobado y no son palabras rumanas! ¿Por qué os embadurnáis siempre con crema solar, incluso cuando no brilla el sol? ¿Por qué oléis a moho? ¿Por qué estáis siempre con sueño? ¿Silvania, por qué mordisqueas con disimulo una salchicha debajo de la mesa? Y tú, Daka, ¿por qué andas siempre volando por el patio del insti? —Helene terminó cuando vio que se le acabaron los dedos.

Silvania jugueteó con uno de sus guantes largos. Alrededor de los ojos se le habían formado unos círculos rojos. Daka miró al cielo con los labios fruncidos y se encogió de hombros.

Helene se acercó un paso a las gemelas.

—¿Cuál es vuestro secreto? —preguntó en voz baja.

Silvania había descubierto una mancha interesante en su guante negro que atrapaba su atención. Daka enarcó las cejas y empezó a silbar bajito *Transilvania, rodna inima moi*.

—Esto no es justo —se quejó Helene—. Yo os he revelado mi secreto. Sois las únicas que lo conocéis.

Daka y Silvania se miraron indecisas.

—¡Prometo no decírselo a nadie!

—A lo mejor cuando lo sepas no quieres nada con nosotras —comentó Silvania.

—Sí, a lo mejor nos tienes miedo —dijo Daka.

Helene sacudió la cabeza con decisión.

—Nunca tengo miedo. Cuanto más inquietante sea vuestro secreto, mejor.

Silvania miró interrogativa a Daka y ésta se encogió de hombros. ¿Podían revelar su secreto a Helene Steinbrück? ¿Así, sin más? Conocían a Helene desde hacía muy poco tiempo. Y su secreto era de un calibre diferente a «me levanto por las noches y como chocolate». Habían prometido a su madre no hablar con nadie sobre su origen vampírico y respetar la regla número siete. No podían decirle así de fácil a Helene: «No es nada del otro jueves, es sólo que somos medio vampiras. Mejor olvídalo». A Helene le daría un ataque de nervios. Llamaría a su padre, a la policía, a los bomberos o al Papa. En el mejor caso, pensaría que su audífono se había descompuesto.

De todas formas, Helene ya sospechaba algo. Si se callaban, sospecharía aún más y entonces nunca serían amigas, pues los amigos confían unos en otros. ¿No tenía razón Helene? ¿No era injusto? Ella les había confiado un gran secreto. Y seguro que no había sido nada fácil. Para ella el audífono era un asunto tan importante como para Silvania y Daka juntas lo de los colmillos largos, lo de volar y flopear. A lo mejor Helene no salía corriendo dando gritos. Hasta podría alegrarse de conocer a dos medio vampiras. ¿Cuándo se conocen vampiros camuflados como gente normal?

Daka carraspeó.

—Bueno...

—No es tan fácil —agregó Silvania.

—En realidad sí es fácil, pero bien mirado no lo es —opinó Daka.

—No hay problema. Podéis explicarme todos los detalles con tranquilidad —dijo Helene.

Sus ojos brillaban de emoción.

Daka se rascó la cabeza.

—Bueno, ya sabes que somos de Transilvania.

Helene asintió.

—Y allí...

—Es muy bonito —dijo Silvania.

—¡Sí, es precioso! Hay bosques, ríos, montañas, animales, personas y medio...

—... botas. —Silvania le quitó a su hermana la palabra de la boca—. Como éstas —dijo señalando sus botines.

Helene miró un instante los zapatos de Silvania. Después volvió a mirar expectante a las hermanas.

—Exacto. Y en Transilvania hay medio... —añadió otra vez Daka.

—... monos —soltó Silvania.

—¿Medio monos? ¿En Rumania? —Helene frunció la frente.

—Sí, es asombroso, ¿verdad? —Ya no se veían los círculos rojos alrededor de los ojos de Silvania.

—¿Y eso tiene que ver algo con vuestro secreto? —preguntó Helene.

—No exactamente —añadió Silvania.

—En realidad, nada —corrigió Daka.

Después miró a su hermana sin saber bien qué hacer. Silvania tomó aire y por fin asintió con la cabeza.

—Bien —continuó Daka—. Cuando lo suelte, no grites como una loca, no salgas corriendo y por favor no te desmayes. El asunto es que… —Daka se inclinó hacia delante y susurró—: Silvania y yo somos…

«¡BUUUM!»

Las tres se dieron la vuelta. Al pie del árbol, junto a ellas, había caído una mochila. Las chicas miraron hacia arriba. Dos piernas colgaban de una rama y alguien maldecía en voz baja desde el árbol. Silvania, Daka y Helene vieron estupefactas cómo Ludo Schwarzer se bajaba del árbol. Al llegar al suelo, se quitó un par de trozos de corteza y hojas de la camiseta y del pantalón, y recuperó la mochila. Después miró alternativamente a las chicas. A las gemelas las contempló durante más tiempo. Frunció el entrecejo y sus pupilas de color ocre se oscurecieron. Finalmente, se echó al hombro la mochila, pasó junto a las chicas sin decir una palabra y desapareció dentro del instituto.

Silvania se estremeció.

—Ese tío es de lo más lúgubre.

—Lúgubre total —dijo Helene con los ojos brillantes—. Mirad, si hasta se me ha puesto la piel de gallina.

Helene tendió el brazo a las gemelas.

Daka y Silvania asintieron.

—Puede que éste no sea el mejor lugar para intercambiar secretos —dijo Silvania.

—Ni la mejor hora. —Daka señaló hacia el gran reloj que colgaba sobre la puerta de entrada del edificio. En un minuto iba a sonar el timbre para la primera clase.

Helene puso cara de decepción.

—Está bien, entonces aplazamos lo de vuestro secreto. Podéis contármelo en el recreo.

Silvania sacudió la cabeza.

—Mientras Ludo pueda aparecer como un fantasma en cualquier momento, es demasiado arriesgado.

—Es mejor intercambiar los secretos en un lugar secreto —dijo Daka.

—¿Y dónde podría ser? —preguntó Helene.

—Lo pensaremos —contestó Silvania.

Helene miró desconfiada a las gemelas.

—¡Pero no os creáis que voy a olvidarme de lo del secreto!

—¡No!

—¡Jamás! —Silvania y Daka sacudieron con fuerza la cabeza.

—Y vosotras no olvidéis vuestra promesa. ¡Shhhh! —dijo Helene señalando su oreja.

—¡Claro! —dijo Silvania.

—¡*Hoy boi!* —exclamó Daka, dando a Helene un coscorrón.

—¡Ay! ¿A qué viene eso?

—Eso se hace en nuestra tierra cuando alguien se alegra de ver a otro —explicó Daka.

—*Hoy boi* es algo así como «todo bien» o «qué guay» —añadió Silvania.

—Pues lo mismo para vosotras, *¡hoy boi!* —dijo Helene, dando un fuerte coscorrón a Daka y a Silvania en la cabeza.

Las tres chicas sonrieron. Después se encaminaron hacia la puerta del instituto como tres buenas amigas.

29

LA VENGANZA DE LOS COLEGAS CHUPASANGRE

La noche siguiente, Rafael Siegelmann y Lucas Glöckner apenas pudieron conciliar el sueño. No tenían ni pesadillas ni una mala conciencia que les remordiera. Pero sí tenían visita de *Karlheinz*.

Karlheinz había llevado como refuerzo a un par de colegas chupasangre. *Quito,* el viejo mosquito, había avisado a todo el clan al oír que se trataba de una borrrachera nocturna. Las pulgas tampoco se lo pensaron mucho. Podrían ensayar su número de circo más tarde, ya que un trago de sangre fresca no se podía rechazar.

A Rafael y Lucas la visita los cogió por sorpresa y en medio de un sueño profundo. Los chavales daban vueltas en la cama de un lado a otro, se pegaban, se rascaban y soltaban quejidos. A la mañana siguiente la visita se había esfumado, pero había dejado huellas. Lucas tenía pequeños puntitos rojos por todo el cuerpo y le picaban de un modo tan atroz que, a pesar de que en la calle la temperatura llegaba a 18 °C, llevaba unas gruesas manoplas para no rascarse.

Parecía como si un elefante con una granada en la trompa le hubiera estornudado en la cara a Rafael. Sobre el labio superior tenía una fila de pústulas gruesas y rojas. A primera vista se podría pensar que llevaba un bigote tan rojo como un tomate. Y sobre la nariz, se dejaba ver sin timidez una impresionante picadura de mosquito. La visita se había empleado a fondo, dejando huellas duraderas.

Rafael hubiera preferido quedarse en casa y meter la cabeza todo el día dentro del congelador. Pero a su madre no le pareció una buena idea. Le embadurnó de crema la cara y ahora brillaba como una bola de Navidad, e insistió en que fuera así al instituto. Rafael hizo lo que ordenó su madre. Una bronca con ella era peor que las picaduras en la cabeza.

Para Rafael Siegelmann y Lucas Glöckner aquel no fue un bonito día de clase.

Pero para Silvania y Daka Tepes fue un día inmejorable. Silvania había recuperado su cadena. Cada cinco minutos se tocaba el cuello para asegurarse de que la joya de la abuela Zezci seguía aún allí.

Daka no podía contenerse y miraba de vez en cuando a Lucas y a Rafael. Después asentía con respeto. Estaba orgullosa de *Karlheinz* y de sus amigos. Podía confiar en su mascota. A lo mejor, como recompensa, le construía a *Karlheinz* un nuevo escondite en el acuario.

Daka y Silvania pasaron todo el recreo con Helene. Hablaron del instituto, de música, de películas de cine y de ropa. De lo único que no hablaron fue del secreto de las gemelas. Helene se moría de ganas por saberlo y las hermanas sabían que no podrían darle muchas más largas. Si no, pronto tendrían una ex amiga.

30

PUNTIAGUDA TOTAL Y REDONDA DE LA MUERTE

—Las carreras de garrapatas son más emocionantes que el fútbol. ¿Estás seguro de que no te gustan? —dijo el señor Tepes.

El abuelo Gustav arrugó la frente.

—Eso es imposible.

—Prueba una vez al menos —le pidió el señor Tepes.

—¿Cuáles son las reglas del juego?

—¿Reglas del juego? La garrapata que atraviesa primero la línea de meta es la ganadora.

La abuela Rose y el abuelo Gustav estaban sentados en el comedor con Elvira y Mihai Tepes en el sofá de color rojo sangre. Mihai Tepes había metido los pies en la bandeja de arena para gatos, y el abuelo Gustav miraba con ojo crítico aquel inusual cultivo de plantas.

—¡Salud! —exclamó Elvira Tepes.

—*Schnappobyx,* como se dice en mi tierra —añadió el señor Tepes con una amplia sonrisa.

La abuela Rose y el abuelo Gustav levantaron sus vasos con Karpovka. Silvania y Daka, con sus zumos.

—¡Por la nueva casa! —dijo el abuelo Gustav.

—¡Por El Asiento de Inodoro! —dijo Elvira Tepes.

—Por la dueña de El Asiento de Inodoro —dijo el señor Tepes, dando a su mujer un beso y haciéndole cosquillas con su bigote de regaliz.

—Por el nuevo comienzo —brindó la abuela Rose.

—Por el instituto —dijo Daka.

—Por los nuevos amigos —añadió Silvania.

El abuelo estaba convencido de que las chicas habían encontrado amigos con tanta rapidez gracias a su estrategia. La abuela Rose lo dudaba. Daka y Silvania no lo tenían tan claro. A lo mejor había funcionado simplemente porque lo habían intentado. Hasta para Daka, que no quería nada con los humanos.

—¿Sigues queriendo volverte a Transilvania en cuanto puedas? —le preguntó Silvania a su hermana durante la denticura, antes de irse a dormir.

Daka dejó la lima y contempló pensativa su imagen nebulosa en el espejo.

—De momento, no —dijo por fin—. Pero sigo con nostalgia.

Silvania asintió.

—Yo también. A veces.

—¿Tú?

—Hasta he soñado con Bogdan —susurró Silvania.

—¡Qué horror! —Daka observó a Silvania, que limaba sus colmillos—. ¿Aún quieres ser humana?

Silvania se encogió de hombros.

—No lo sé. Pero algo desde luego no voy a ser: vegetariana.

Daka probó con el dedo índice para verificar que su

colmillo estuviera bien puntiagudo y no muy largo.

—¿Qué tal estoy? —preguntó a su hermana.

—Puntiaguda total. ¿Y yo? —Silvania esbozó una amplia sonrisa, mostrando sus colmillos limados en redondo.

—Redonda de la muerte.

Daka y Silvania se dieron un coscorrón. A Helene le había gustado tanto lo del coscorrón que lo había adoptado como saludo con sus nuevas amigas. Aunque todavía no eran amigas del todo, porque Silvania y Daka le debían algo a Helene: la verdad. ¿Revelarían las hermanas su secreto? ¿Podrían decirle a Helene que eran medio vampiras? Las gemelas tenían que decidirse.

Pero ésa es otra historia.

GLOSARIO

Boi: ¡qué flipe!
Boi noap: buenas noches.
Boibine: genial.
Datiboi flatliac: gracias al murciélago.
Flopear: cambiar de sitio a toda velocidad. Casi como teletransportarse.

Fumpfs: ¡jo, qué mierda!
Gumox: tonterías.
Hiegöör: ¡gané!
Hoi: hola.
Hoi boi: ¡qué guay!, todo bien.
Krötz jobju suchoi murja: Es una expresión tan fuerte, que ni siquiera puede ser traducida.
Ni cimo: nada, ni rastro.
Onu, zoi, trosch: uno, dos, tres.
Rapedadi: rápido.
Saikato: danza tradicional de Transilvania.
Schlotz zoppo: mierda.
Schnappobyx: ¡salud!
Subkrupt da hirobyx: ir por delante de la garrapata.

ÍNDICE

Otro título de la colección:

PROHIBIDO MORDER
Franziska Gehm

2

Onu, zoi, trosch. ¡Allá van! **Daka y Silvania**, las gemelas vampiras, vuelan temerariamente con su amiga Helene por el cielo de la ciudad. Por desgracia, el paseo tiene un final catastrófico, y las dos se meten en un buen lío. Encima, las gemelas deben hacer un trabajo sobre una exposición de arte para el instituto. ¿Suena a aburrido? Ni mucho menos. Involuntariamente, se convierten en testigos de un crimen. Ahora deben emplear sus poderes para evitar lo peor...